EL CAFÈ DE LA MARINA

Educació 62 • 76

JOSEP M. DE SAGARRA

El Cafè de la Marina

Estudi preliminar, propostes de treball
i materials complementaris a cura
d'Enric Martín Tubau

educaula62

Educaula62

Col·lecció Educació 62

Col·lecció dirigida per Carme Arenas

Disseny de la col·lecció: Malaidea
Disseny de la coberta: Tamara Sánchez

Primera edició: juny del 2012
Segona edició: juny del 2013

www.educaula62.cat
educacio@educaula62.cat

Fotocomposició: Víctor Igual, s.l.
Impressió: Liberdúplex
Dipòsit Legal: B-17.385-2012
ISBN: 978-84-15192-92-3

TAULA

ESTUDI PRELIMINAR

El Cafè de la Marina *dins el teatre de Sagarra*
La paradoxa del comediant 11
El regne de la fantasia 13
L'altra cara de la lluna: el teatre en prosa 16

Aspectes estructurals
A la taverna del mar 17
El temps que passa 19
Els tres mosqueters 21
Un bitllet cremat 23
El Cafè de la Marina per dins 24

Temàtica
Una vida difícil 27
Tot el que necessites és amor 29
Males llengües 33
El rellotge biològic 35
Qüestió de gènere 37

Personatges
Estereotips 39
Germanes de sang 41
La bona porció 44

Estil
La llengua de Sagarra 47
La llengua de *mussiú* Bernat 49

EL CAFÈ DE LA MARINA

Acte primer 57
Acte segon 133
Acte tercer 207

PROPOSTES DE TREBALL
I MATERIALS COMPLEMENTARIS

Propostes de treball 273
Comentaris de text 291
Textos complementaris 305
Bibliografia 315

ESTUDI PRELIMINAR

EL CAFÈ DE LA MARINA DINS EL TEATRE DE SAGARRA

La paradoxa del comediant

Explica la llegenda literària que un bon dia van coincidir Eugeni d'Ors, l'intel·lectual teoritzador del noucentisme, i Cebrià de Montoliu, assagista i traductor. Ors, de tarannà propens a l'elitisme, havia vestit el cognom amb una preposició falsa al davant; Montoliu, d'ideari més social i progressista, s'havia esborrat la preposició heretada de l'arbre genealògic: es feia dir sense. Amb tota solemnitat, l'autor del *Glosari* va preguntar a Montoliu: «Com és que vós, tenint el "de" per família, us el traieu?». Esmentant el cèlebre pseudònim del seu interlocutor, Montoliu va respondre-li: «Home, Xènius, me l'he tret perquè te'l puguis posar tu». A l'autor d'*El Cafè de la Marina*, Josep Maria de Sagarra, no n'hi calia cap d'inventada, perquè ja li venia de llinatge, com a Montoliu. Tampoc no corria a dissimular-la, perquè l'ascendència nobiliària que traspua ja li agradava, igual que a Ors.

Membre, per la branca paterna, d'una nissaga de propietaris rurals vinguda a menys, que, amb les vaques magres, s'instal·la a ciutat, Sagarra va criar fama de cavaller cultivat en el refinament, dandi, sibarita, noctàmbul i una mica *au dessus de la mêlée*. Aquest senyor de casal gran, teòric representant d'una frivolitat cosmopolita al marge de les masses, va convertir-se en un mite popular: el successor natural, quant a la penetració de la seva escriptura en un ampli espectre social, d'anteriors figures *nacionals* com Verdaguer, Guimerà o Maragall. Ho certifica el funeral multitudinari tributat a l'autor, el cinquantè aniversari de la mort del qual es va commemorar el 27 de setembre de 2011. Un altre escriptor reconegut per molts, Josep Maria Espinàs, va assistir-hi:

> A l'enterrament hi vam anar centenars de persones. Com que la casa de Sagarra era a quatre passes de l'església de la Bonanova, no hi havia pràcticament espai per organitzar un seguici amb tanta gent. Aleshores es va decidir que el cotxe funerari donés una volta a tota la plaça. Al darrere hi anava la Guàrdia Municipal de gala i a continuació la ciutadania que volia acompanyar-lo. Feia pensar en aquells atletes que, després d'arribar guanyadors a la meta, fan una volta més a l'estadi perquè tothom pogués homenatjar-los. La gent convertí la plaça en l'últim escenari que Sagarra podia presidir. [Josep Maria Espinàs. *Relacions particulars*. Barcelona: Edicions La Campana, 2007, p. 150-151.]

Els gèneres que havien elevat Sagarra a l'altar de la celebritat pública eren, sobretot, la poesia i el teatre. Pel que fa a la poesia, tant la lírica breu, molt eufònica de ritme i musicalitat, sovint amb format (la cançó) i temes (el paisatge rural o mariner, el decurs del dia i les estacions) populars, com els poemes narratius extensos, d'inspiració folklòrica, en què es recrea el llegendari català, oferien una proposta poètica assequible per al lector comú. En relació amb el teatre, Sagarra esdevé un «autor comercial». Entenguem-nos: d'èxit, que no és sinònim automàtic de baixa qualitat literària. D'ençà els anys vint, Sagarra s'afermarà com el dramaturg més rendible i, conseqüentment, amb més requesta, dels escenaris patris. Hegemonia perpetuada durant la dècada dels trenta, fins a la guerra civil, amb títols com *La corona d'espines* (1930), *L'hostal de la Glòria* (1931) i el mateix *El Cafè de la Marina* (1933), autèntics *succès d'estime*, teatre que omple platees a vessar i gaudeix del favor d'un públic fidel i enfervorit. Vet aquí la paradoxa del nostre comediògraf: un aristòcrata vocacional atret per les manifestacions de la cultura tradicional, amic de la gent de camp i de mar, amb *feeling* popular, capaç de connectar amb la majoria, a la qual assorteix de productes escènics fets a mida. A estones, fins convida a citar Lope de Vega, quan, a propòsit de les relacions autor/espectador i de les concessions al respectable permeses, es justificava: «Pues las paga el vulgo, justo es hablarle en necio para darle gusto».

El regne de la fantasia

La carrera dramàtica de l'escriptor barceloní s'estén des del 1918, data en què estrena *Rondalla d'esparvers*, fins al 1961, any de la representació d'*El fiscal Requesens*, adaptació d'una obra de l'escriptor rus Nikolai

Gogol. Amb quatre dècades i escaig davant els telons n'hi ha prou per bastir una oferta dramàtica variada, en vers i en prosa. En l'àmbit del teatre versificat, paral·lelament al gènere que esdevindrà la seva divisa teatral, el poema dramàtic, Sagarra escriu comèdies costumistes: una contrapartida lleugera, humorística a la sobrecàrrega emocional dels drames. N'hi ha de més ensucrades, més sentimentals (*Les llàgrimes d'Angelina*, *La Rambla de les Floristes*); d'altres de pròximes a la farsa (*El matrimoni secret*, *La Llúcia i la Ramoneta*) i alguna a mig camí (*L'estudiant de Vic*). Hi ha una sola excepció d'aquesta doble línia: *Judit*, una tragèdia, l'única peça en vers que no s'avé a l'esquema del poema dramàtic o de la comèdia de costums.

El Cafè de la Marina també és teatre versificat. En vers blanc, sense rima, per tal d'aproximar-se al llenguatge corrent de l'ambient que s'hi retrata, la llengua dels pescadors empordanesos (l'apartat «La llengua de Sagarra» aborda la llengua sagarriana). S'inclou dins del voluminós contingent de teatre poètic que compon Sagarra, una tendència que floreix a Europa a cavall entre els segles XIX i XX. El teatre poètic d'aquesta època dibuixa un corrent internacional que aglutina models diversos: el neoromanticisme (Edmond Rostand, autor de *Cyrano de Bergerac* (1987), a França, o Eduardo Marquina, al teatre castellà), el simbolisme-decadentisme (el belga Maurice Maeterlinck, l'italià D'Annunzio, els catalans Adrià Gual, Santiago Rusiñol o, ja noms menors, Ramon Vinyes i Ambrosi Carrion), el neopopularisme (novament D'Annunzio, els irlandesos William B. Yeats i John M. Synge, el Valle-Inclán que beu del fons llegendari popular, García Lorca i Rafael Alberti), la deriva cap al grotesc i el guinyol (un vessant de Valle-Inclán, el dramaturg belga Michel de Ghelderode), la simbiosi de motiu historicollegendari i de reflexió metafísica (el francès Paul Claudel), la fusió amb l'avantguarda (a França també, Jean Cocteau), els textos dramàtics de Josep Carner o les obres del nord-americà T. S. Eliot. El poema dramàtic, gènere al qual s'adscriu *El Cafè de la Marina*, suposa l'aportació de Sagarra al cabal universal d'un teatre poètic molt en voga a l'època.

Ultra aquest context, l'adhesió del nostre autor al patró líric depèn d'una concepció *antirealista* de la representació. En conjunt, el catàleg de dramatúrgies que acabem d'inventariar, com un diccionari mínim del teatre poètic, qüestiona el *verisme* naturalista: la il·lusió que puja a l'escenari un *tranche de vie*, que s'ha extret un fragment viu de la realitat i es presenta fotocopiat a l'espectador. En una línia similar, Sagarra entén el teatre com «tot el contrari de la realitat», com «la cosa més artificial i antifotogràfica que hi ha al món» [Josep M. de Sagarra, *Teatre, poesia i realitat. Conferència llegida al Teatre Català Romea, abans de l'estrena del poema dramàtic* Fidelitat, *La mà trencada*, núm. 2, 20-XI-1924].

Breu: de la boca oberta que és l'escenari, no n'ha de sortir veritat, sinó distracció, evasió. El teatre no ha de ser una ciència exacta: per mitjà de les emocions que engendri la fantasia ens ha d'arrencar del flux quotidià i remuntar-nos a la bellesa i al somni. En conseqüència, el poema dramàtic selecciona materials per tal d'idear una fórmula fixa que s'adapti a tal objectiu: ambients tradicionals idealitzats; fons d'un conflicte sentimental aliè a qualsevol problemàtica social; renúncia al psicologisme, amb siluetes estereotipades; sovint, comportaments violents i passions desfermades; vers encès i sonor. L'estudi que segueix provarà de discernir fins a quin punt *El Cafè de la Marina* respon a aquest retrat robot i quin marge per a l'especificitat li ha concedit Sagarra.

L'altra cara de la lluna: el teatre en prosa

Per a la prosa, Sagarra reserva les propostes que difereixen més del model dramàtic cimentat en la imaginació i la sentimentalitat que acabem de descriure de pressa i corrents. S'hi compten les temptatives de reorientar el seu teatre cap a preocupacions actuals, com a resposta al context de crisi moral europea de postguerra: en la represa de 1946, quan la repressió del règim franquista permet altra volta les funcions teatrals en català, *El prestigi dels morts* (1946), *La fortuna de Sílvia* (1947), *Ocells i Llops* (1948) i *Galatea* (1949) assagen una renovació dramàtica radical. Malgrat l'interès literari, sobretot dels dos darrers títols, la taquilla les rep amb fredor. Sagarra hi reacciona amb el retorn a la recepta de preguerra, el poema dramàtic, i cuina alguna novetat també de digestió assegurada, de l'estil de *La ferida lluminosa* (1954), un melodrama religiós que li procurà de nou un èxit extraordinari.

A la taverna del mar

El Cafè de la Marina tanca l'acció dramàtica en un interior. No és cap novetat: per a *L'hostal de la Glòria* (1931), Sagarra havia escollit una fonda. Independentment que s'inspirés en un Cafè de la Marina autèntic, nom d'un local històric del Port de la Selva, Enric Gallén, Marina Gustà i Miquel Gibert especifiquen la font d'on beu l'escriptor barceloní: el bar de Cèsar a Marsella, que apareix en una trilogia de drames portuaris del dramaturg francès Marcel Pagnol. Dels tres textos que la formen, escrits entre 1930 i 1937 i, per tant, coetanis d'*El Cafè de la Marina*, l'inaugural, *Màrius* (1930), es va estrenar en català el 1931, i va ser traduït per Sagarra. Amb un espai així, doncs, Sagarra s'aproximava a la modernitat teatral europea.

Si la intenció, sobretot, era registrar unes formes de vida típiques de la costa catalana (vegeu l'apartat «Una vida difícil»), una taverna és una elecció coherent: conforma un *microcosmos* on bull una part representativa de la fauna humana de l'hàbitat litoral, ja que s'hi creuen tipus diversos: la clientela, pescadors joves i vells, que reguen amb rom les hores mortes, tot jugant-se quatre duros a les cartes; les poncelles del poble, que cusen i no callen; l'amo de la casa, amb dues noies, la gran, que fa goig però es floreix de desamor entre les taules, i la petita, esperant per casarse; les dones i les mares, que esbandeixen fills i homes de la barra; el proveïdor rossellonès, de visita comercial; artistes camí de Portbou... En resum: un centre neuràlgic de la vida costanera, d'on la trama no fuig.

El Cafè de la Marina respecta la unitat de lloc, doncs. Com *L'hostal de la Glòria*, amb «el mateix decorat» a cada acte. L'establiment de Libori, en tant que espai únic, cohesiona el poema dramàtic. Prenent-lo com a epicentre, Miquel Gibert, un dels especialistes que ha renovat els estudis sobre Sagarra, classifica els personatges en tres categories: els que regenten el local (el cafeter i les dues filles, Caterina i Rosa), els que el freqüenten (la parròquia: gent de mar) i els passavolants (*mussiú* Bernat, l'Artista i el Valent). L'acotació inicial dibuixa el Cafè sumàriament. Comença la descripció l'adjectiu «pintoresc»: és el primer qualificatiu que l'esbossa. Adjectivació que, ves quina casualitat, també és la primera de rebre l'hostal ripollès: «Un hostal pintoresc i bigarrat».

Evidentment, l'omnipresència de la tipicitat, de l'aire casolà, constitueix una declaració d'intencions: la voluntat de registrar unes formes de vida i un clima nostrats (punt que l'apartat «Una vida difícil» ampliarà). El negoci està situat en «un poble de la costa empordanesa, vora el cap de Creus», segons es llegeix a l'acotació inicial. Les indicacions prèvies de *L'hostal de la Glòria* eren més precises: «L'acció passa a Ripoll». La indeterminació textual d'*El Cafè de la Marina*, com veurem més endavant, no impedeix establir amb seguretat el Port de la Selva com el correlat geogràfic de la ficció.

El temps que passa

La indefinició s'estén a la temporalitat. La primera indicació escènica omet les dades sobre l'època dels fets. Per contra, *L'hostal de la Glòria* n'indica la data exacta: «L'època precisa és l'any 1823, o sia l'època de la repressió contra els constitucionalistes». Al nostre entendre, recrear el mateix context portuari que un autor contemporani com Pagnol significa actualitzar referents literaris, però no autoritza a interpretar que els esdeveniments ocorren en el mateix moment d'escriptura. Per determinar el temps extern d'*El Cafè de la Marina*, hauríem de tenir en compte arguments textuals. En aquest sentit, sabem que Claudi pretén viatjar a les Amèriques i venir ric. Somia, per tant, de ser «indiano» o «americano».

L'emigrant català, majoritàriament jove, que s'enriqueix al nou continent i torna nedant en l'abundància, constitueix un fenomen històric rellevant entre finals del segle XVIII i les acaballes del XIX. Pere Màrtir, el galant de *La filla del mar*, de Guimerà, s'hi va estar, però n'arriba tan pobre com se n'hi havia anat. L'escena XII de la cloenda conté una pista per acotar aquests cent anys: Libori es queixa a Claudi que el Cafè rajava més «quan la guerra». Si es refereix al desastre colonial de 1898, la guerra de Cuba tan cantada a les havaneres, ens plantem al tombant de segle. Com que Libori s'hi refereix des de la distància temporal («quan la guerra... imagina't, aleshores»), entrem al segle XX. Al capdavall, l'acció se situa prop (en un passat recent, a tot estirar) de la redacció d'*El Cafè de la Marina* (1933).

La cronologia difusa, en darrer terme, es deu justificar pel vernís d'intemporalitat que recobreix els poemes dramàtics. Interessa generar la impressió que l'ambient escenificat roman fora de calendari, que la realitat poetitzada és perenne, perquè se n'ha fixat l'esperit immutable. D'això, en podem dir «idealitzar» o «mitificar» el món presentat a l'espectador. Per aquí van els trets quan Sagarra, reflexionant sobre el seu teatre poètic, declara: «El que m'interessa dels personatges són els sentiments, la moral, la mentalitat de cada un, i aquestes coses són gairebé eternes. Hi ha molta menys diferència entre la moral dels homes de Teofraste i els homes de La Bruyère i els homes de Proust, que entre les camises de 1899 i de 1932, i qui diu les camises diu les cotilles de les senyores» [Josep M. de Sagarra, «Josep Maria de Sagarra parla de la seva obra i explica per què escriu el seu teatre en vers», *La Publicitat*, 6-III-1932, p. 11].

L'hostal de la Glòria especifica fins i tot el temps intern, o sigui, la durada del conflicte dramàtic: «Entre el primer i el segon acte hi ha quinze dies de diferència, i unes quantes hores entre el segon i el tercer». A *El Cafè de la Marina* tampoc no s'explicita enlloc, però es dedueix sense problemes. A l'escena IV de l'acte primer, la claror és «de tarda». Moreno ens assabenta que Rosa es casa «demà». En alçar-se el teló del segon acte, «és al vespre i encara dura la xerinola del casament». Ha transcorregut un dia entre una seqüència i la següent, una mica més de vint-i-quatre hores, si pensem que el segon acte acaba quan és fosc, amb un llum encès damunt el taulell. Al segment final (escena IV), Rafel irromp al Cafè empaitant Rosa, per apressar-la cap a la feina pendent. Rufina s'exclama que «Als quinze dies de casats!», ja l'escanyi tant. Dues setmanes, doncs, separen el segon acte del tercer.

Queda una suma fàcil: el poema dramàtic s'allarga setze dies, en total. S'hi traça, fixem-nos-hi, un cicle de descens i ascens lumínic: «llum de tarda» (acte primer) / «hora de fer-se fosc» (acte segon) / «a ple sol» (acte tercer). La resplendor declina i augmenta en correspondència amb el desenvolupament del conflicte, distribuït segons la divisió convencional de plantejament, nus i desenllaç. D'aquesta manera, la il·luminació disminueix alhora que el destí de l'heroïna es complica (entrada de nit, Libori i Bernat s'han entès i Caterina ho té magre), mentre que assoleix el zenit quan se soluciona (esclata la passió, sol refulgent). Definim-ho: una fal·làcia patètica, recurs mitjançant el qual un element natural (exterior) simbolitza els estats emocionals (interns) dels protagonistes.

Els tres mosqueters

El leitmotiv clàssic de les trames amoroses és el triangle sentimental. *El Cafè de la Marina* en presenta un: Caterina / Claudi / *mussiú* Bernat. I en congela un segon (Caterina / Claudi / Artista), que resta en embrió perquè el mosso rebutja els oferiments de la cantant. Al·ludíem més amunt a les tres classes de personatges de l'obra en relació amb el grau de proximitat que els vincula al bar. Miquel Gibert ha observat com el triangle eròtic reuneix un representant de cadascuna de les parts: la propietària (Caterina) / un pescador local (Claudi) / un estranger (Bernat). Així doncs, el triangle es presenta com una síntesi de tot l'univers dramàtic. Gibert encara remarca que el remei de la crisi prové de dins el mateix grup on s'havia generat, a causa de l'entesa entre dos dels seus membres, en contrast amb la desestabilització, sempre exògena, sempre importada per cossos estranys al col·lectiu representat. La dualitat autòctons / visitants camufla, en realitat, una dialèctica entre sistemes de valors.

Així, l'avinença dels herois, basada en la sinceritat i la bondat, triomfa sobre el materialisme, encarnat en la fortuna de què presumeix *mussiú* Bernat, o la corrupció moral, representada per l'Artista i el Valent. Els principis, senzills però humans, del cosmos mariner català superen la intoxicació ètica promoguda des d'un codi de conducta francès, en el cas de Bernat, o urbà, pel que fa a l'Artista i el seu pinxo. En la idea de ciutat suggerida a través d'aquestes dues últimes figures, repica, fluix o no, la tradicional dicotomia camp / ciutat, que tradueix en termes orogràfics les antítesis vida tradicional, agrícola i pura / vida moderna, industrialitzada i impura. Gibert, a més, suggereix una lectura en clau sociopolítica, lligant l'obra al convuls context nacional del 1933, quan la

Segona República espanyola i la Generalitat de Catalunya lluiten per consolidar-se. Interpreta la victòria i, per tant, la ratificació de l'ordre local com «una proposta de conciliació de les forces i els interessos que conviuen al país» [Miquel Gibert, «Pròleg» a Josep M. de Sagarra, *El Cafè de la Marina*, Barcelona, Proa, 2003, p. 21-26].

Un bitllet cremat

La nostra història d'amor litoral s'acaba bé. El *happy end* és recurrent en els poemes dramàtics dels anys trenta, en oposició a les resolucions tràgiques de les peces dels anys vint. *L'hostal de la Glòria*, estrenada dos anys abans que *El Cafè de la Marina*, contradiu un xic aquesta tendència cap a la solució favorable, ja que opta per un desenllaç agredolç, en el qual l'hostalera reconquereix el marit i preserva el matrimoni, tot i la consciència que la confiança en Andreu s'ha evaporat per sempre i que la convivència plena no es restaurarà més.

El clímax sentimental, com veurem, correspon a l'escena XIII del desenllaç. En un rapte a cor obert, Claudi incendia el passatge cap a Costa Rica amb un llumí, efecte especial que, al seu torn, encén el desig de Caterina i culmina amb un petó a la boca. Després dels llavis cargolats, Sagarra, a fi d'equilibrar el cim de tensió dramàtica i de deixar descansar el públic, hi posposa un anticlímax, compost per les quatre darreres escenes de l'obra. Aquestes compleixen la funció de comunicar el nou ordre de coses a parents, amics i coneguts.

Igualment, l'acte anterior finalitzava al capdamunt d'una altra cresta sentimental (escena XVI), però sense anticlímax: un diàleg carregat de sexualitat continguda entre la parella protagonista. Pel que fa al primer acte, l'últim quadre (XVIII) també presenta un pic de tensió sense anticlímax: Libori, tou d'amor paternal, s'acomiada de Rosa, que es casa, amb Caterina plorant. Resumint: Sagarra clou sistemàticament els actes amb una descàrrega d'adrenalina emotiva, amb el matís d'un epíleg perquè baixi la pressió dramàtica en el tercer. Comparant entre si els tres clímaxs, s'intueix una progressió creixent: una situació d'intensitat menor, secundària (l'emoció pel casament de Rosa), deixa pas a una entrevista d'alt voltatge eròtic entre els herois, que deriva finalment en el *boom* passional, amb la rúbrica d'un bes ardent.

El Cafè de la Marina *per dins*

Hem anticipat que *El Cafè de la Marina* s'estructura segons la tríada clàssica: plantejament, nus i desenllaç. Tocant a la seva organització global, Sagarra resulta ben conservador: les virtuts del text no resideixen en l'adopció de l'arquitectura més fressada de la història. En efecte, l'acte primer introdueix les informacions i els antecedents pertinents per a la comprensió posterior de la trama (el passat de Caterina i Libori, el futur de Rosa, la relació Salvadora / Claudi, la projectada fugida a Amèrica de Claudi); hi desfila el gruix de personatges (excepte Bernat, l'Artista i el Valent, reservats per al segon acte), per tal de presentar-ne el temperament al lector espectador; es contextualitza l'acció en un marc tipificat.

A l'acte segon, el conflicte s'hi defineix. L'aparició de *mussiú* Bernat configura un argument universal: el pare que pacta lliurar la filla a un pretendent adinerat però repulsiu, contra la voluntat de la noia i les esperances d'un aspirant jove. S'hi instaura, doncs, el triangle sentimental i s'hi trena del tot el joc de tensions entre el repartiment. L'últim acte indica la sortida del túnel: la marxa enrere de *mussiú* Bernat, que retira l'oferta matrimonial per culpa de la mala fama de la núvia, obre camí cap al final feliç, on s'ajunten Caterina i Claudi.

La subdivisió en escenes és equilibrada: el primer acte en compta divuit, setze el segon i disset el tercer. Les entrades i sortides dels personatges marquen els canvis de l'una a l'altra. A grans trets, direm que un quadre de caire coral enceta cada acte: la partida de canari en el primer (vuit personatges a l'escenari), el convit de casament en el segon (setze personatges, de dinou: tots, menys Claudi, l'Artista i el Valent), l'intercanvi de tafaneries en el darrer (quatre veïnes davant el públic). A partir d'aquestes obertures parcials, Sagarra desencadena un entra-i-surt continu de personatges que a l'acte inicial no permet cap diàleg en solitari entre dos interlocutors. La llarga absència de Libori, que fa mutis des de l'escena VIII fins a la XV, singularitza el bloc. Mentrestant, al Cafè, s'hi ha parlat de canalla; Caterina s'ha dolgut de la vida que fa; Rafel i Claudi l'han criticat cruament, Gracieta no tant. Les tres coses haurien estat impossibles amb el pare present: la maternitat i l'estat anímic de la filla gran són tabú per a ell; els vituperis, no els hauria consentit. Com es veu, exigències del guió justifiquen que Sagarra el tregui de l'escena una estona.

Al final de l'escena IV de l'acte segon, l'àpat del casori s'ha acabat i tothom enfila la porta, a excepció de Caterina, Libori i *mussiú* Bernat. Una ràpida sortida d'escena de la pubilla permet que pare i comerciant planifiquin les noces a l'esquena de la interessada. Topem amb la primera situació de diàleg a dos, sense testimonis, d'*El Cafè de la Marina*. Se'n produiran dues més: a l'escena XIII, Libori assabenta la filla de l'assumpte que ha tractat amb Bernat, a la XVII s'entrevisten Caterina i Claudi. En aquest darrer cas, el cafeter se'n va dues vegades. També calia: sense ell, els clients insinuen els tractes del pare a Caterina (escena IX), l'Artista i el Valent gairebé provoquen un incident (X-XI) i Caterina es veu amb Claudi (XVII).

D'altra banda, la simetria regeix el terç inicial del darrer acte. Fins a la quarta escena, Sagarra suma personatges a les quatre dones (Salvadora, Rosa, Rufina i Gracieta) que havien començat el bloc: s'incorporen, successivament, Rufí i Luard (II), Caterina (III), Rafel (IV). En els tres quadres següents, els aparta de focus: Rosa i Rafel no hi són a V, Rufí i Rufina a VI, Salvadora i Gracieta a VII. Després, abunden les converses de dos: Caterina i Luard (VII),

Bernat i Libori (IX), Caterina i Libori (X), Claudi i Libori (XII), Caterina i Claudi (XIII). En conclusió: la proporció de moments amb només dues veus s'incrementa a mesura que l'argument avança, quan, com és lògic, s'han de resoldre els destins individuals en joc.

TEMÀTICA

Una vida difícil

Per damunt de tot, Sagarra persegueix l'estampa costumista, el *cromo* mariner, l'atmosfera del món pescador. El mateix autor ens posa sobre la pista en publicar a *La publicitat* del 14 de febrer de 1933 una presentació del poema dramàtic que s'estrenava aquell dia al Romea, llavors Teatre Català («Unes paraules de J. M. de Sagarra. Una comèdia de mariners, que és un nou intent dintre el seu teatre» n'és el títol). Hi qualifica *El Cafè de la Marina* de peça «d'aire realista i pintoresc», amatent a la captació d'aquell *way of life* costaner amb el qual havia conviscut en primera persona des que, el 1921, visita Josep Pla a Calella i el col·lega empordanès l'inicia en la màgia de la Costa Brava. Fonamentalment, una obra «d'ambient», ratifica la darrera línia de l'escrit. Notem de nou la referència, ara en la ressenya periodística, al *pintoresquisme*, comentat abans a propòsit de les acotacions espacials i que apunta en la direcció assenyalada.

En efecte, els pescadors de Sagarra es limiten a enunciar, ara i adés, que els tenalla la pobresa, que menen una existència feixuga. A despit d'aquesta duresa, no protagonitzen cap conflicte col·lectiu; cap tensió social no travessa la seva jornada laboral. A *Maria Rosa* els treballadors de la carretera en construcció tampoc no lliguen els gossos amb llonganisses. Guimerà fa una idèntica referència a la precarietat extrema dels habitatges obrers a cadascuna de les acotacions escèniques amb què s'obren els tres actes. Però s'hi planteja, almenys, una incipient problemàtica entorn de la remuneració salarial: l'empresa els deu quinzenes. El proletariat s'hi organitza, es reuneix en assemblea, sospesa mesures de força. Al capdavall, descarta el radicalisme i opta per una carta lacrimògena que apel·la a la humanitat de l'amo. És veritat que Guimerà, al final, es desentén de la lluita de classes, liquida l'assumpte amb l'enganyifa d'una patronal sensible i s'amaneix una solució paternalista i inversemblant. També ho és que, com a mínim, no obvia el xoc inherent al tracte entre assalariat i capital en l'economia moderna. A *El Cafè de la Marina*, sols Claudi alerta que Rufina i algun altre comerciant de peix espavilat paguen malament: «Tot l'any anant a raure a la Rufina, / i al Met, que et fon el bull fins que no en queda» (escena XII, acte primer). Explotació que justifica enredar, si es disposa d'ocasió, els compradors forans, com els marxants de Cervera a qui ha encolomat sis coves de verat pudent a quinze de preu, quota de mercaderia fina.

La tripulació d'*El Cafè de la Marina* es conforma

oposant a les dificultats pecuniàries, així com als daltabaixos personals, una espècie de supervivència passiva. Què hi farem, si la vida ens clava guitzes. Va com va. A principi del «poema dramàtic» (escena I), Libori esgrimeix diverses vegades una *frase cèlebre*, ben lacònica, que sintetitza a la perfecció aquest estoïcisme global: «És la vida», conclou quan s'ha de resignar davant la desgràcia de Caterina, quan pensa en la pèrdua prematura de la seva senyora, quan plany Salvadora, tan sola amb un hereu que la maltracta. El bàrman no centrifuga el cervell amb un programa de depressions o crisis existencials, no es mareja amb dubtes metafísics. Diu: «És la vida», i mena la taverna, perquè «El Cafè és el Cafè», i ja se sap...

Tot el que necessites és amor

L'Antiguitat entenia l'amor com una malaltia real: física, no figurada. Aquesta concepció clínica de la passió va arrelar durant l'edat mitjana. Es diagnosticava segons uns símptomes mig orgànics: l'insomni, la tristesa continuada, l'esgotament mental, la pèrdua de gana, la tendència a la solitud i l'aïllament, els sospirs i els plors. A la tardor medieval, als segles XIV i XV, medicina i Església coincidien a considerar-la un «estat patològic psicofísic». Fins i tot, els escriptors moralistes del XIV (Francesc Eiximenis, posem per cas) aconsellen tractament mèdic: distanciar-se i no veure l'ésser estimat; entretenir-se en activitats agradables, com la caça o la pesca; repartir l'afecte entre unes quantes persones; dedicar-se a la vida militar. Contravenint una visió així, en certs clàssics teatrals catalans, l'amor cura. Hi és remei, no afecció. Citem Guimerà, per no abandonar els models constatats en què s'emmiralla Sagarra. *Terra baixa* escenifica la història d'un *amor redemptor* que salva els herois de les seves pròpies limitacions, de l'explotació i la misèria que havien empresonat fins llavors la seva existència. Marta i Manelic es rescaten mútuament: la passió corresposta els injecta empenta per alliberar-se de Sebastià i la «terra baixa», l'amo i la plana corrupta que els esclavitzaven, per fugir cap a la «terra alta», l'espai pur, conscients que pagaran la llibertat conquerida amb la solitud.

Com al cèlebre drama guimeranià, *El Cafè de la Marina* proposa una trama de redempció, típica del romanticisme. Els poemes dramàtics dels anys vint ens hi tenien acostumats. *Març al Prior* (1926) i *La filla del Carmesí* (1929) en proporcionen dues mostres. Entremig de l'una i l'altra, la poesia narrativa de fons llegendari català recollia el motiu en la figura de la pastora d'ulls blaus d'*El comte Arnau* (1928), redemptora del noble. En la dècada d'*El Cafè de la Marina* els trenta, *Gardènia* (1930) se'n servia, també. A diferència dels títols tot just esmentats i, en canvi, a imitació de *Terra baixa*, s'articula a *El Cafè de la Marina* un salvament doble. Per un costat, Claudi deslliura Caterina dels fantasmes del passat i de la zitzània present: «I escolta'm», avisa l'heroi a les acaballes de la peça (escena XIV, acte tercer), «si mai tornes a dir ni un gruix d'espina, / si tornes a portar a les dents corcades / el nom d'aquesta dona... i xafardeges, o calumnies, em sents bé, Rufina?, et sucaré en el mar, com una gossa / de les que duen ràbia al cos». Per l'altre, Caterina puja el *partenaire* des de l'infern íntim on cremava fins al Cafè de la felicitat. L'amor pur, així, ha regenerat dues ànimes condemnades a la soledat.

Des del punt de vista comparatiu des del qual enfoquem l'actual apartat, les males puces o l'hostilitat de Claudi, ja hi aprofundirem, emparenten, poc o molt, amb l'individu arrauxat, d'un vitalisme esquerp, característic dels poemes dramàtics primerencs: Marçal Prior, que dóna nom a l'obra, i Guillem de Cal Bandoler, de *La filla del Carmesí*, l'encarnarien. Al marge de l'ímpetu, Claudi també té una natura de perdut que va a la recerca d'una alternativa ideal a la realitat que l'envolta (el miratge americà); fa la redescoberta, tardana però encara a temps, del món al qual pertany; la seva voluntat, consegüentment, és de moure's dins els seus límits, i, finalment, posa arrels en l'amor diari conjugal, el sostre de la llar i el treball que protegeix els béns. Semblantment, Caterina remet, un xic o força, a les antigues heroïnes abnegades i pacients, sempre preparades per rebre de grat l'heroi penedit, a l'estil d'Agna Maria o Estrella, les esposes de *Marçal Prior* i *La filla del Carmesí*, respectivament.

En el teatre antic, si una situació es complicava de valent, baixava un déu i l'enllestia. El recurs de la intervenció providencial s'anomena *deus ex machina*. En l'entusiasme de Claudi per Caterina n'hi ha algun eco, de punt i hora que l'amor creix com un bolet, fruit d'una revelació, per culpa de la proximitat del desenllaç. Ben mirat, una passió sobtada s'avé amb l'evident esquematisme dels personatges, del qual més endavant farem cinc cèntims, ja que uns personatges més plans que rodons no es poden amotllar gaire a una evolució interior que en justifiqui massa els canvis.

Algú objectarà que, pel que fa a Claudi, sí que hi pot haver justificació: es podria sospitar que, en veritat, s'estima Caterina de temps enrere, si bé no se n'adonava. Acabat d'entrar en escena (VI, acte primer), quan tot just hi ha hagut una desena de rèpliques intercanviades, Claudi ja s'ha de sentir dir «fins em penso que et convé una dona», en boca de Rufí. Com que Caterina corre per allà, Claudi la burxa: «un bon tall fresc com la tavernera», cal, floreta a la qual ella ni respon. La seqüència de la conversa, juntament amb la reacció irada del mariner, suggeririen que, certament, Rufí l'encerta més del que es pensa, que Claudi troba bonica Caterina i que el *tantsemenfotisme* de la cambrera el castiga.

Quan, en el segon acte (escena XVI), sorprèn sola Caterina i xerren en la intimitat, semblaria gelós: «diuen que et cases...». Caterina l'intimida, li fa «massa respecte», al contrari d'altres «garses» amb qui es comportaria diferent, si les atrapés soletes com avui a la nit. Sense que ella el tregui a la conversa, maleeix el francès que la va seduir i guarda gravat al record «el ball que vas ballar-hi», a banda d'«els ulls que hi posava». Encara un detall: no s'atreveix a beure. Demana «aigua del càntir i prou...», cosa que l'equipara al Marçal de *Maria Rosa*: escurava ampolles mentre la dona que el turmentava li era inaccessible, però no llepa ni una gota més en saber que pot posseir-la. Sense descuidar-nos que a Claudi li coïa tant el casament de Rosa que no va voler ni assistir-hi, perquè no estava per romanços de color *rosa*; amb tot això que hem exposat, la declaració d'amor final queda totalment justificada.

Aquests mòbils psicològics potser hi ballen, a *El Cafè de la Marina*: Sagarra no els desenvolupa a fons. Tal com munta l'escena XIII de l'acte tercer, el clímax sentimental esclata insospitadament, per un atzar imprevist. Claudi bromeja amb Libori: projecta comprar-li l'establiment a la tornada d'Amèrica. Guaita la panoràmica des de darrere el taulell: les antenes de les barques davant l'esguard, els prestatges carregats a l'esquena... Per associació, «La Caterina!»: s'ha produït la il·luminació que arregla el món de cop. D'això, el nostre Romeo empordanès en dirà «una bogeria». Hi participa, sense fer-se pregar un minut, la nostra Julieta portuària, en la qual mai no s'havia detectat fins aquí cap inclinació envers el xicot.

Males llengües

Lluny de platges i cales, *Laura a la ciutat dels sants* situa l'acció narrativa a Comarquinal, a pagès, en plena Catalunya profunda. Tomàs Muntanyola, terratinent local acabat de casar, hi porta la dona a viure. Laura, una barcelonina que mai no s'integrarà a la rància i resclosida societat d'acollida, patirà el rebuig de la comunitat i el fracàs matrimonial. Incompresa pel marit, l'heroïna cedirà a la temptació del *bovarisme*: l'amor platònic per Pere Gifreda. Un adulteri merament virtual, mai no consumat, ofereix un pretext formidable per a la indiscreció popular, que s'afanya a esbombar arreu l'ombra de pecat. Paral·lelament, a *El Cafè de la Marina*, la maledicència també s'erigeix en una amenaça permanent.

La por del «què diran» teledirigeix les decisions de Libori. Així, obliga Caterina a avortar, convençut «que així ja està acabat i no se'n parla» (escena XVI, acte primer). En la tessitura d'un embaràs no desitjat, ni escolta la filla: refusa tenir la criatura, encara que Caterina la vulgui. S'oblida dels sentiments de la noia, de les seqüeles psicològiques que el fet li pugui deixar: «El pare no s'hi fixa, si jo em moro / de tristesa aquí dins, si veig la Rosa, que tindrà criatures batejades, / i jo no tindré res» (escena XVI, acte primer). Interrompre clandestinament la gestació és l'única mesura que se li acut davant l'obligació d'evitar la vergonya pública i d'impedir que els parroquians li converteixin el Cafè en un fòrum de debat sobre moralitat. El negoci, diguem-ho clar, passa al davant de filla i nét.

L'altaveu municipal, connectat tothora a la xafarderia, es diu Rufina, i sempre està llest per radiar noves sobre la intimitat aliena. Amb tot, el veïnat es constitueix en un cor de bocamolls que serà el responsable que *mussiú* Bernat es desdigui de les esposalles. Fins i tot la *femme de chambre* de l'«hustal» s'ha rigut del fet que agafi mestressa de segona mà i, a més, amb tara.

Paradoxa: gràcies a la tertúlia infinita, Caterina jaurà als braços de Claudi quan baixi el teló. Sagarra, escriu Miquel Gibert, «transforma la murmuració en instrument del bé»: perjudica l'heroïna en l'interès «material objectiu» (la priva de la vida de senyorassa que li hauria proporcionat Bernat), però l'afavoreix en l'«espiritual subjectiu» (la lliura a la passió autèntica per Claudi) [Miquel Gibert. «Pròleg» a *El Cafè de la Marina*. Barcelona: Proa, 2003, p. 23 i 10, respectivament].

El rellotge biològic

Ser mare o no ser-ne: un maldecap lògic en un univers tradicional, que exigeix fertilitat a la dona. A *El Cafè de la Marina* s'hi dibuixa, doncs, una dicotomia entre la maternitat desitjada i la maternitat frustrada. Ja a l'escena VII de l'acte primer, Rosa reconeix que li interessa Rafel sobretot en qualitat d'agent reproductor. Com a mascle, li fa força el pes, per bé que «M'agrada més tenir una criatura». La petita del Cafè demostra una visió instrumental de la seva mitja taronja: estimar-lo i casar-s'hi són una preparació per al part. Al pol oposat, s'hi situa Rufina, de qui Baldiri comenta que «no ha tingut mainatges» (escena III, acte segon). L'esterilitat de Rufina remet a la de Tomasa, la cunyada de Maria Rosa en el drama homònim de Guimerà, i potser contribueix una mica al verí que destil·len les seves enraonies.

Almenys segur que li reca que la família i els amics plorin de contents al casament de Rosa: una punta d'amargor empeny la comercianta de peix a estroncar les llàgrimes d'altri, ella que no en vessa gota. En resposta, Libori li etziba: «Com que no saps el que és casar una filla...». En Caterina s'apleguen anhel i frustració. Va concebre il·lícitament, però volia el nadó. Avorta pressionada pel pare i una tia, però el trauma no impedeix que encara somiï desperta: un breu monòleg, on imagina trossos de vida amb un nen seu, clou l'escena VIII de l'acte primer. Al revés de Caterina i de sa germana, que als dinou s'afarta de pensar-hi, en la canalla, per a Gracieta, de la mateixa edat que Rosa, el rellotge biològic encara no sona: no l'atreuen els nois perquè facin fills, sinó perquè vénen a la font i a ballar.

A *El Cafè de la Marina* hi ha, a més, una mare patidora i una mare morta. De la primera, ja ens n'ocuparem més detalladament. A la segona, dediquem-li ara quatre ratlles. Libori és vidu. L'orfenesa afegeix a l'argument un toc melodramàtic, gairebé fulletonesc, de regust molt sagarrià. Com que els testos s'assemblen a les olles, totes dues germanes n'han tret alguna cosa, de la mare. Rosa hi retira més físicament. Posats a creure el cafeter, això sí, molt estovat per les emocions del casament imminent, n'és la viva estampa: «I ara que et tinc sobre el genoll / em sembla que m'estic contemplant la teva mare, / perquè era igual, igual que tu». En canvi, Caterina n'ha clonat la manera de ser: bondadosa i innocent, que «d'això se m'ha perdut, / de refiada i massa cor. Igual que la difunta», comenta Libori a l'escena II de l'acte inicial.

Als antípodes de la seva germana Rosa, «quieta i

entenimentada», Catarina és inmadura i inconscient un belluguet a qui el pare adverteix que «t'ha arribat l'hora de tenir seny», com l'esposa desapareguda, en l'últim quadre de l'acte primer. Vet aquí la primera de les oposicions que confrontaran ambdues personalitats. Acabem, però: la gran del Cafè, ens consta, ha procurat suplir la mare absent, assumint-ne les funcions i Rosa arribarà a l'altar ben proveïda, faltaria sinó, que «Si la mare no hi és, la Caterina també en sap, de brodar i de cosir roba» (escena VIII, acte primer).

Qüestió de gènere

Que totes les noies del port s'imaginin que tenen un homenet i cap d'elles no es deleixi per una nena quan especulen sobre l'embaràs indica de manera prou clara i neta la mentalitat patriarcal que impera. Del bar estant, Caterina fantasieja amb les sortides a mar del cadell: l'embarca per la ruta del cap de Creus; veu el gregal bufant-li la camisa dalt la barca, mentre rema sota una lluna prima (escena VIII, acte primer). Que, a sobre, els il·lusioni donar a llum una fotocòpia del progenitor ho corrobora. Rosa busca uns «ulls negres» i un «nas fi» pastats als de Rafel. A sa germana gran li importava un rave si el fill perdut sortia amb «l'estampa d'aquell brètol» francès, tot i que la semblança li dugués a la memòria el pecat comès.

En aquest sentit, tant se val si som al mar com a la muntanya. A Tomàs Muntanyola, el latifundista de

Laura a la ciutat dels sants, li plauria un fill mascle: garantiria la transmissió patrimonial i, en conseqüència, la continuïtat de la nissaga, precepte sagrat en un context de propietaris rurals i moral sàlica. Laura li dóna una nena. S'esqueia que la rebesàvia també era forastera i tampoc no la va encertar. Ras i curt: l'anomalia ginecològica, impensable en una comarquinalenca, simbolitza el rebuig vers el nouvingut. Certifica el divorci entre l'estrangera i els de casa. Així, per mortificar la mare, s'escamparà que la pubilla no ha sortit semblant a ningú de la família. I, com que no pot dir-se Tomàs, la batejaran amb un nom de procedència barcelonina, potser el de la mare de Laura, al cel sia.

Es respira misogínia ambiental. Rufí preferiria que la cantina es reservés el dret d'admissió: és lloc d'homes. Excepte Caterina, que aboca el mam, o Salvadora, que compra vermut per al fill, la resta de dones sobren: «Ves per què hi vénen al Cafè, les dones» (escena XIV, acte primer). S'hi arriben a rescatar pescadors a mercè del rom, i emprenyen, és clar. Salvadora atabala Claudi per mirar d'arrossegar-lo de la barra a casa. El jove esclata en invectives de gènere: «i la mare, que la colguin, ella i totes les dones de la terra, / que totes són igual». D'acord: s'hi barregen l'estat etílic, la nosa de la mare i la desesperació de l'inadaptat a l'hora d'afluixar la boca contra la femella. Amb tot, es diria que és lícit pressuposar que el codi masculí pel qual es regeix una societat tradicionalista hi suma un quart factor. Una estona abans, a l'escena XII del mateix acte, Claudi ja s'havia lluït:

«Per mi, tota la raça de les dones, que l'aboquin a mar i que no en quedi...». No ha hagut de menester que Salvadora el destorbés. Ha bastat que Rufí fes broma amb la seva solteria i que Caterina feinegés indiferent a les seves provocacions, refregant-li per la cara l'estatus de conco. Però la virulència amb què ataca el sexe femení s'explica, a més a més, pel substrat patriarcal. Aquest context, com veurem, condiciona també el caràcter i el comportament de Rafel.

PERSONATGES

Estereotips

Al teatre sagarrià, els clixés hi són una constant remarcada a bastament per la crítica. Convindria repassar-los mínimament. El binomi *mussiú* Bernat/Claudi teixeix el tòpic de la rivalitat amorosa entre un vell i un jove, equivalent a la disputa entre l'amor fals i la passió autèntica. Fins i tot el llenguatge deixa entendre explícitament que el matrimoni de Bernat i Caterina és de conveniència. Incapaç de sostreure's a la seva mentalitat de marxant, el francès entén el matrimoni com una transacció comercial: «la marxandisa era pas del meu gust», conclou quan anul·la el tracte (escena IX, acte tercer). D'aquí ve que, després de la ruptura, saludi la part contrària sense ressentiments ni odis, febleses que podrien perjudicar els futurs negocis: un altre dia, ja «ens entendrem amb la garnatxa».

Liborí respon al prototipus de progenitor interessat en un casament avantatjós. Salvadora fa de mare sacrificada, ase dels cops d'un fill desagraït. D'acord amb les aliances entre personatges, hi ha la «contrafigura» del cafeter: mentre aquest s'alinea al costat de Bernat, aquella esdevé la valedora de Caterina. L'Artista actua de *femme fatale*: és la temptació carnal dels llops de mar. Sagarra pasta Rufina en el motlle de la xafardera hipòcrita. De costat amb Rufí, componen el tradicional duo còmic, amb els papers invertits: la dona manega un marit calçasses. Rufina, per exemple, estomaca el marit. A l'acte primer, escena XI, Rufí compara la seva dona amb un cert «ajudant». Tià, divertit, objecta que l'ajudant «pega més fort». Rufí el corregeix: «Bé; això t'ho penses». Recorden la parella de Quirze i Tomasa de *Maria Rosa*, que també s'esbatussen i a qui Guimerà igualment encomana la comicitat del drama. Amb diferències: Quirze i Tomasa es barallen, però no poden passar l'un sense l'altre (Rufí i Rufina més aviat sí) i no s'enganyen.

Quant al perfil de la protagonista, s'associa l'arquetip melodramàtic de la *pecadora corrompuda* i de la *pecadora penedida*, sense ajustar-se plenament a cap d'ambdós. Se'ns presenta com una dona escaldada per la vida, víctima de la seva candidesa, que aguanta el xàfec dignament i valenta. L'obediència filial l'obliga a callar i a empassar-se les llàgrimes. No practica l'autocompassió, no es flagel·la amb complexos de culpabilitat, no excusa el seu passat, no s'amaga de ningú al rebost, tot i sentir-se'n, dels retrets aliens. Així, Sagarra esquiva la sobredosi lacrimògena. L'honestedat de què revesteix Caterina estalvia la lliçó moral: no es reprova l'heroïna per l'antiga relliscada. No se l'amonesta, se li reconeix el dret a refer la vida i, a l'últim, se li premia la fermesa.

Germanes de sang

L'Evangeli segons sant Lluc (Lc 10, 38-42) explica que Jesús, de camí per Betània, va allotjar-se a casa de les dues germanes de Llàtzer. Maria es va asseure als peus del Senyor i l'escoltava, mentre Marta s'obsessionava a complimentar l'hoste. Com que sola no donava l'abast amb els requisits, va queixar-se que la germana no l'ajudava. Crist va retreure-li la perspectiva equivocada: «Marta, Marta, et preocupes i et neguiteges per preparar moltes coses, i només poques són necessàries o una de sola. Maria ha escollit la bona porció, que no li serà presa». Ambdues dones personifiquen, doncs, filosofies contràries. Programes de vida contraposats: Maria, atenta al reclam espiritual; Marta, massa pendent de la terrenalitat, de la immediatesa material.

L'hostal de la Glòria convertia l'oposició bíblica, una antítesi ètica, en antagonisme eròtic: Roser, la germana petita, introvertida i delicada de salut, es baralla amb la gran, Glòria, mestressa extravertida i saludable, per l'amor d'Andreu, el marit talòs de la segona. Abans, Àgata i sa germana adoptiva, Mariona, ja s'havien esbatussat a *La filla del mar*, d'Àngel Guimerà, una altra de les influències declarades de Sagarra. Això no passa, és clar, a *El Cafè de la Marina*.

Cada parenta hi té pretendent exclusiu i mai no empaita l'alliè: la petita, Rosa (gairebé homònima de la seva bessona a *L'hostal de la Glòria*, pensem-hi), es casa amb Rafel; la pubilla, Caterina, pateix la requesta d'un padrí francès, *mussiú* Bernat, fins que a Claudi se li encén el llum i s'adona, de cop, que aquell cos sempre ha estat rere aquell taulell. En aparença, les germanes s'avenen i ni discuteixen ni topen en escena: el dia abans del casament, Caterina encara arregla l'aixovar de Rosa.

Amb tot, *El Cafè de la Marina* no renuncia a un cert contrast de caràcters, si més no, que es fa explícit de bon començament. En l'obertura de l'obra (escena I, acte primer), Libori ja confessa que Rosa i les amigues papallonegen pertot arreu: «En lloc d'escórrer / i fregar copes aquí dins, no paren / i ara al moll, i ara allà i a comprar nissos, / i pintura pels morros, les perdudes...». El cafeter i Salvadora opinen ensems que la menuda «corre massa lliure», i el pare entén el matrimoni de l'endemà com un dogal: «Caldrà que me la fermis», avisa el gendre. Es veu de tres hores lluny que, a Rosa, el negoci no l'amoïna gaire. La boda la'n farà sortir del tot: marxa a casa del marit, on l'esperen la mare de Rafel, que no es pot moure, i molta feina. En canvi, Caterina es queda per dur la taverna. Triga sis escenes a aparèixer: a la següent (VII, acte primer), Libori ja li encarrega que es cuidi del bar. De llavors ençà no para de servir. Tampoc durant el convit de noces, tot i ser la germana de la núvia. A diferència de Rosa, que no neteja cap copa, Caterina vetlla perquè no se'n trenqui ni una, pèrdua que sembla que afectaria força l'equilibri emocional de son pare, si jutgem per les vegades que l'ha de calmar: «Esteu tranquil... no es trencarà cap copa».

Rosa s'empolaina: Rufina l'acusa d'anar «pintada com un bot», indici inequívoc que és una «fresca» (escena VI, acte primer). Al contrari de Caterina, de qui no es fa cap esment del maquillatge, malgrat que sí que se'n fan de la seva silueta, el «bell cos» que encén comerciants de la Catalunya Nord a un pas de la jubilació. Si Rosa necessita realçar la bellesa amb potingues *artificials*, l'anatomia voluptuosa de la germana gran té un encant *natural* que la roba o el tràfec de la feina no aconsegueixen eclipsar. Caterina es va enamorar de debò d'un noi francès que era ros; se'n va creure les paraules d'amor senzilles i tendres i van fer Pasqua abans de Rams. Embarassada i abandonada, va avortar i ara és una dona marcada, exclosa, que no es casarà ni parirà «criatures batejades» (escena XVI, acte primer). Diferentment, Rosa no ha perdut el cap per ningú; s'uneix a Rafel sense gaire entusiasme (només està contenta «a mitges», segons se sincera a l'escena IV de l'acte primer); va d'excursió a la font amb el mosso, però no en queda prenyada a deshora, sinó que s'instal·la dins la normalitat familiar, social i reproductora, amb el *nihil obstat* eclesiàstic assegurat per santificar, quan arribi aviat, el planço engendrat dins la cèl·lula conjugal. Descabdellats els opòsits, admetem-ho: continuem prop de Marta i Maria.

El repartiment dels papers bíblics queda clar: Caterina fa de Maria. D'aquí ve que la seva virtut es premiï, com a l'Evangeli, amb «la bona porció». O sigui: Claudi. Contra pronòstic, amb Rafel, d'entrada el millor partit, se surt perdent. Tenen una qualitat comuna: tots dos nois són gent soferta i treballadora. «No, ja treballa, / ja és home per la feina i per fer l'home...», reconeix Salvadora de son fill. Llàstima d'«aquest vici», es lamenta a l'instant (escena XVI, acte primer). El que singularitza Claudi és que s'emborratxa més que ningú (superant Rufí o Luard, rivals qualificats), mentre que Rafel es manté sobri, tot i que aposta a les cartes, dins uns marges de risc raonables, igual que la colla amb qui juga: Baldiri, Moreno, Antonet i Gallaret.

Aquesta circumstància és simptomàtica. Dins la seva comunitat, Rafel no esdevé cap *outsider* (si de cas, ho és en relació amb tota la societat, pel que pugui comportar de marginalitat, respecte de la vida estàndard catalana, el *modus vivendi* del pescador). Ara bé, en el si del seu grup, el promès de Rosa actua com un «integrat». Pesca, s'hi escarrassa, perquè és dur, però entoma el destí que li han adjudicat, tira endavant i no es planteja d'emigrar enlloc. Galanteja, quan pertoca, pren muller, i com pertoca, la farà rutllar. Té casa, atén la mare i cuidarà l'hereu. S'esplaia al Cafè, perd o guanya al canari, remulla l'oci amb «prises». En mots curts: viu d'acord amb els paràmetres del clan. Conseqüentment, exerceix un autoritarisme masculí, heredat del mateix ordre patriarcal en què tan bé encaixa.

Així, a l'escena IX de l'acte primer, el to imperatiu amb el qual interpel·la la parella s'allunya de la impaciència amorosa de qui no ha vist la xicota en tot el dia: «Que deixis la panera / i que ja és hora de sortir amb el càntir». A les acaballes d'aquest quadre, s'entreveu que Rafel entén el matrimoni des d'una jerarquia innegociable, no pas des de l'igualitarisme: «No, no, si avui faré tot el que vulguis, / però demà seràs la meva dona / i vogaràs de gust». Intuïció que queda confirmada quan a l'escena IV de l'acte tercer es presenta al Cafè per reivindicar, davant els antics propietaris, la seva nova possessió: «la Rosa és meva / i ja no és de vosaltres, i és a l'home / a qui té de seguir».

I Rosa vola cap al domicili conjugal, on tot està per fer. Aquest despotisme de Rafel envers la dona es combina, aquí mateix, amb el tracte feridor que dispensa a la cunyada. Rafel, en el fons, la creu una mala dona. D'aquí ve que li retregui, en el primer diàleg que mantenen (escena IX, acte primer), les visites a la font, vora l'amant que ha fugit. D'aquí ve, també, que senti una enveja amarga davant la sort, immerescuda a ulls d'un mariner pobre, que Caterina s'aparelli amb un comerciant adinerat, garantia d'opulència futura. I d'aquí ve, finalment, que mostri l'honor ferit i es negui a consentir que Rosa vagi «de bracet amb una dona / que fa parlar tothom...».

Tot i la mala bava aparent, Claudi té més bon cor. L'agressivitat baladrera i la misogínia exhibides a cada entrada en escena dels dos primers actes, davant

Caterina i l'Artista, respectivament, provenen de la desorientació, del desarrelament, no d'un ressentiment sord com el de Rafel. Claudi navega a la deriva. La beguda l'ha confinat a l'extraradi del seu propi món, en el qual esdevé un *marginat*: torrat, rodola de racó en racó enmig de la riota general. Pesca, si bé preferiria no fer-ho. Lluny d'acatar la seva sort, s'hi enrabia, s'hi rebel·la i es compra el bitllet per anar-se'n a Amèrica. Nàufrag sentimental, no repica campanes de boda, tampoc no té hereu a la vista, i ni tan sols festeja. Pega la mare. Breument: des del seu nihilisme, trenca amb la tribu.

Quan està a punt d'embarcar, redescobreix el seu entorn, Caterina inclosa. Ensopega, de sobte, amb el projecte vital que li mancava, alhora que li sobrevé l'amor. Aleshores, s'esfuma la brutalitat. L'arreplegat es transforma en poeta i enamorat vehement (quant a això, rellegim les rèpliques que engalta Claudi a l'escena XIII de l'últim acte). Cap insinuació sobre si Caterina «vogarà a gust» a partir d'ara. Dues escenes enllà (XV, acte tercer), Libori s'assabenta de la notícia: «Que ella i jo serem els amos». En comptes de relegar-la a segon pla, Claudi la cita com a primer terme d'un sintagma coordinat, que sols uneix elements d'idèntic valor sintàctic. Sense sortir d'escena, la darrera intervenció de l'heroi rebla la mutació: la travessia cap a Amèrica s'ha canviat pel viatge «del Cafè a l'estació a carregar ampolles / i aprendre a no vessar-les quan s'aboquen». L'al·lusió a l'aprenentatge de l'ofici convida a pensar, a més, que Claudi s'arromangarà de valent rere la barra, partint les tasques a mitges amb la dona. L'aneguet lleig s'ha tornat un cigne per casar-se amb la granota restituïda a princesa: en aquest sentit, el matrimoni lliga dues criatures estigmatitzades, proscrites, invertint l'enllaç Rafel/Rosa, que ajuntava dos éssers adaptats a la realitat costanera.

ESTIL

La llengua de Sagarra

Miquel Gibert distingeix un doble model de llengua literària en la producció dramàtica del nostre autor [Miquel Gibert. «Introducció al teatre de Josep Maria de Sagarra», dins Josep M. de Sagarra, *Obra completa*, vol. 15. *Teatre 1*. València: Edicions 3 i 4, 2006, p. XLIX]. D'una banda, el vers brillant i la rima sonora, l'expressió plàstica i abrandada, la fluïdesa rítmica, l'exuberància verbal: el celebrat «barroquisme sagarrià» de certes obres emblemàtiques com *L'hostal de la Glòria* o *La corona d'espines*. De l'altra, un discurs menys efusiu, de lírica i retoricisme rebaixats, «que troba la seva força expressiva en el lèxic viu, en les el·lipsis i els sobreentesos de la col·loquialitat d'un grup o d'un ambient social», cas d'*El Cafè de la Marina*. Com que Sagarra, ho hem escrit unes quantes vegades, hi assajava sobretot això, dur un medi (el mariner) a l'escenari, es decideix pel vers blanc, que conserva el ritme però prescindeix de la rima: «i aleshores», aclareix l'autor, «el diàleg és explicatiu, s'acosta més al parlar corrent» [Josep M. de Sagarra, «Josep Maria de Sagarra parla de la seva obra i explica per què escriu el seu teatre en vers», *La Publicitat*, 6-III-1932, p.11].

Per tant, s'ha prioritzat l'adequació de registre, la versemblança lingüística (relativa: molts pescadors reals no es deuen haver expressat en sa vida, ni de bon tros, com els de Sagarra), en detriment del raig poètic. Aquesta obra ens forneix un bon exemple de com, en literatura, forma i fons es fonen: una premissa (Sagarra aspira, en essència, a copsar un «ambient» i a escenificar-lo) que escau dins l'àmbit temàtic de la peça reclama, per coherència interna, una mètrica determinada (el vers blanc), no pas cap altra formalització (una mètrica rimada).

Com a conseqüència immediata d'aquests condicionants, la llengua mai no s'eleva, en *El Cafè de la Marina*, al grau de lirisme que assoleix en els monòlegs més lluïts de *L'hostal de la Glòria*, per exemple. Tampoc quan Caterina (escena VIII, acte primer, última rèplica; escena X, acte primer; escena XIII, acte tercer) o Claudi (escena XIV, acte primer; escena XVIII, acte tercer) es deixen anar en els seus parlaments: tot i el seu alè poètic, només hem de comparar-los amb les intervencions de Glòria o Andreu en el tercer acte, escenes X i XI, de *L'hostal de la Glòria* i notarem una clara diferència d'estil. De fet, en aquesta darrera obra, la profusió verbal s'hi endevina per l'extensió de les rèpliques, bastant superior a les d'*El Cafè de la Marina*, on són curtes, en conjunt.

La llengua de «mussiú» Bernat

Seria un pecat abaixar el teló d'aquest estudi sense fer cap referència, per minsa que sigui, a la llengua del comerciant de peix rossellonès. La figura ridícula del poema dramàtic parla, per reforçar-ne el perfil grotesc, un *idiolecte* curiós. Una varietat individual híbrida, en què es mescla la base catalana, la morfosintaxi dialectal rossellonesa i el lèxic francès, consignat en l'escriptura fonètica: l'apel·latiu *mussiú* mateix, per no embolicar-nos amb d'altres exemples, es genera a partir de la pronúncia aproximada de *monsieur*, forma de tractament francesa. Aquest llenguatge evoca el de Gaietà, el pastor de *Solitud*, la novel·la modernista de Víctor Català.

EL CAFÈ DE LA MARINA

Poema en tres actes

CRITERIS D'EDICIÓ

En aquesta edició d'*El Cafè de la Marina* hem partit de la recollida en *Obres Completes*, de Josep M. de Sagarra (Barcelona: Selecta, 1948, vol II, p. 1069-1217), última en vida de l'autor, i hem tingut a la vista el manuscrit original autògraf, dipositat a la biblioteca del Centre de Documentació i Museu de les Arts Escèniques de l'Institut del Teatre —Ms. CIII—, i la primera edició de l'obra (Barcelona: Millà, 1933. Catalunya teatral, 25). Hem respectat escrupolosament —també la grafia sagarriana de la parla del personatge anomenat *Monsieur* Bernat— el text de l'edició d'*Obres Completes*, llevat d'algun error que presenta per mala lectura del manuscrit —error que ja es manifestava en l'edició de 1933—, i de la puntuació, que ha estat esmenada parcialment per adequar-la del tot als criteris actuals. D'altra banda, hi hem introduït la numeració dels versos.

PERSONATGES

EL LIBORI, *cafeter i pescador* (60 anys).

CATERINA, *la seva filla gran* (26 anys).

ROSA, *la filla petita* (19 anys).

SALVADORA, *veïna de Libori i mare de Claudi* (60 anys).

LA RUFINA, *comercianta de peix* (40 anys), *dona del*

RUFÍ, *pescador gandul, que viu a l'esquena de la Rufina* (50 anys).

LUARD, *pescador, vell i pobre, solter i una mica fantasista* (60 anys).

BALDIRI, *pescador madur* (45 anys).

GRACIETA I MARIA, *noies del poble, amigues de Rosa* (19 i 22 anys).

RAFEL, *pescador jove i galantejador que es casa amb Rosa* (25 anys).

CLAUDI, *fill de Salvadora, finalment, enamorat de Caterina* (30 anys).

UNA ARTISTA, *rebuig de cafè concert, que es guanya la vida voltant pels pobles* (de 30 a 40 anys).

EL VALENT, *que acompanya l'Artista* (50 anys).

EL SENYOR BERNAT, *comerciant rossellonès, amb barba i bigoti, pretendent de Caterina* (50 anys).

TIÀ, *mariner jove que fa el servei a l'Ajudantia del poble* (20 anys).

MORENO, *pescador, ballador i castigador* (25 anys).

ANTONET I GALLARET, *pescadors joves, companys del Moreno* (de 20 a 25 anys).

Aquest poema fou estrenat al Teatre Català (Romea) el dia 14 de febrer de 1933, amb el repartiment següent: *Caterina*, Maria Vila; *Libori*, Pius Daví; *Rosa*, Emma Alonso; *Salvadora*, Maria Morera; *La Rufina*, Àngels Guart; *Rufí*, Manuel Giménez-Sales; *Luard*, Evelí Galceran; *Baldiri*, Ramon Bañeras; *Gracieta*, Concepció Arquimbau; *Maria*, Gilberta Rougé; *Rafel*, Manuel Amorós; *Claudi*, Pere Ventayols; *Una Artista*, Teresa Gay; *El Valent*, Antoni Estrems; *El senyor Bernat*, Antoni Gimbernat; *Tià*, Nicolau Barquet; *Moreno*, Ciprià Arboix; *Antonet*, Francesc Ferràndiz; *Gallaret*, Lluís Carratalà.

ACTE PRIMER

L'escena representa un cafè de mariners d'un poble de la costa empordanesa, vora el cap de Creus. És un establiment pintoresc i irregular, tocant a la platja. Hi haurà un taulell, una porta interior a mà dreta, un gran portal amb vidrieres, que dóna a la platja, i una altra porta que dóna al carrer. Amorrades a la sorra, es veuran les proes de les barques, i el mar al fons. El cafè donarà la sensació d'una casa molt orejada, amb taules a fora i a dins.

El primer acte és amb llum de tarda.

El segon acte és a l'hora de fer-se fosc i s'acaba amb un llum encès que deixa anar el raig damunt del taulell.

El tercer acte és a ple sol.

ESCENA I

En una taula juguen Rafel, Baldiri, Gallaret, Antonet *i* Moreno. *En una altra taula, el* Rufí *—sol.* Libori *darrere del taulell.* Salvadora *parlant amb* Libori *i amb els de les taules.*

Baldiri:
Hi vaig!

Moreno:
Amunt.

Antonet:
I jo.

Rafel:
Ja hi ha canari.

Baldiri:
La sota.

Moreno:
I jo el cavall.

Antonet:
I jo la groga...

Baldiri:
A tots, a tots... quin tronc!

Rafel:
Així et rebentis!
Salvadora (*a* Rafel):
Mira aquest com se'ls gasta.

Rafel:
Què somiques?

Salvadora:
I per fer enraonar la teva mare
véns al cafè. Després, correu, cuiteu-hi!,
que al pot només hi queden quatre anxoves,
i el noi fet un perdut!

Baldiri:
Tu, Salvadora!
Quants gats has atrapat entre les xarxes?
Ni un! Per'xò el pedrer se t'enverina!

Salvadora:
Que en duràs pocs, de bisbes, quan t'enterrin!

Baldiri:
I el teu noi, què?... Li has amanit l'escombra
anit, que ni podia arrossegar-se?
Tant torrar, tant torrar i tant cordill negre!

SALVADORA:
Prou pena en tinc!...

RAFEL:
Doncs, au, pela els teus congres
i deixa estar tranquils els que treballen.

LIBORI:
Mestressa, no m'esguerris la botiga...

SALVADORA:
Ja farà fila quan et sigui gendre.

LIBORI:
Vindrà més estovat; veuràs la Rosa
si els hi deixa jugar! Per 'vui que apreti!...

SALVADORA:
És clar, tu hi surts guanyant...

LIBORI:
No hi guanyo massa.
Molts cops només et fan malbé les cartes...
I de beure? No es cull ni mitja gota,
però el joc és el joc; com s'ho farien!
Jo m'he jugat trenta-nou cops el fetge,
i al cafè, tan temprat, riuen les mosques
i mai se'ns ha estroncat la cafetera.
Això, és clar..., és cosa d'homes...

RUFÍ:

Tu, Libori!

LIBORI:

Ja va!

RUFÍ:

Si no et sap greu, una altra prisa,
però amb més rom, m'entens?...

LIBORI:

No te'n recordes?

RUFÍ:

De què?

LIBORI:

Que ahir les has quedat a deure.

RUFÍ:

Home, dius unes coses que fan riure.
El Rufí queda a deure quan no paga,
però quan paga, paga, i el Libori,
quan el Rufí no paga, doncs s'espera
fins que pagui el Rufí...

LIBORI:

Que la saps llarga!

RUFÍ:

Mira-t'hi bé..., no m'hi escatimis sucre,
que a mi m'agrada dolç...

LIBORI:

I anit què fèieu?...

RUFÍ:

Ells van sortir...

LIBORI:

Tu, què?...

RUFÍ:

Jo, escurant grotes...

LIBORI:

Així mai pagaràs...

RUFÍ:

Vols que m'hi embarqui,
amb aquell grop i aquella mala cara?
Sí, mira, tot plegat, rem de quatre hores,
dos rals de part i ben mullats d'esquena!
Per 'quest plat ja treballa la Rufina.
No m'agrada fer el mec. (*Provant la beguda.*)
Si això és tot aigua...

BALDIRI:

Libori...

LIBORI:

Què?

BALDIRI:

Un vermut, que hi ha un que guanya...

RAFEL:

I un que plega...

BALDIRI:

Per què?

RAFEL:

S'ha d'anar a estendre...

MORENO:

Traiem els sisos...

RAFEL *s'aixeca i va a dir quatre coses al* RUFÍ. *El* RUFÍ *li diu una cosa a l'orella i* RAFEL *es posa a riure.*

RAFEL *(a* LIBORI*)*:

I on teniu la noia?

LIBORI:

Quina?...

RAFEL:

La meva.

LIBORI:

És a pescar senyores
o malarmats. Caldrà que me la fermis,
la menuda de Déu, poc que s'encanta:

amb aquesta Gracieta del dimoni,
tant mira'm i ai què tinc!... En lloc d'escórrer
i fregar copes aquí dins, no paren,
i ara al moll, i ara allà i a comprar nissos
i pintura pels morros, les perdudes...
Se'm mengen el cafè, que ja no en queda,
qualsevol dia s'ho enduran les rates,
i el Libori a captar i tirar la sàgola.

RAFEL:

No tants gemecs; si la veieu, digueu-li
que me n'ha anat a estendre i que ja torno.

Se'n va.

ESCENA II

Els mateixos, menys Rafel.

Salvadora:
Et corre massa lliure, la menuda,
i aquest és un corball dels de vuit terces.

Libori:
El vicari amb dos dits d'aigua beneita
me'ls deixarà servits, i això és la vida...
Ell no és dels estirats, també treballa.
I aquí què vols esperar més?...

Salvadora:
I l'altra?

Libori:
La Caterina és allà dins; vol riure,
fins vol fer veure i tot que està contenta;
prepara el casament de la menuda,
cus la roba, es distreu...

Salvadora:
A mi em fa pena...

Libori:
Pena, veuràs, és clar, és una desgràcia

això que ens ha passat... però és la vida...
Un cafè és un cafè, i elles són tendres,
i un és sol, i diable, un té cabòries...
i un ja els ho diu... pro elles, ui!... Se'n fumen!

SALVADORA:
I d'ell, no en sabeu res?...

LIBORI:
Treballa a França.
No tornarà mai més, i que no torni,
perquè ni amb calces d'or me la prendria,
ni ella hi voldria parlament ni tractes.

SALVADORA:
Sí, però, ben mirat, tots n'enraonen,
i què farà?

LIBORI:
Farà com fan les altres;
se'n casen de pitjors...

SALVADORA:
I ella és tan fina...

LIBORI:
Fina? Mare de Déu! És tot un sucre;
d'això se m'ha perdut, de refiada
i massa cor. Igual que la difunta;
Libori aquí, Libori allà, i jo, amolla,
i jo, pintant-li verd el cap dels bisos,

i sí, sí, de contenta i enganyada
se'm va morir com un rantell...

SALVADORA:
Quin home!
I encara te n'alegres!...

LIBORI:
És la vida...

SALVADORA:
Do'm una ampolla de vermut.

LIBORI:
Una altra?

SALVADORA:
Si no troba el vermut dins de l'armari,
em desperta i fa uns crits!... Fins vol pegar-me...

LIBORI:
Fins vol pegar-te? A tu?...

SALVADORA:
A la seva mare.

LIBORI:
Salvadora!...

SALVADORA:
És així. Si no té cura...

Diu que se n'anirà, vol fugir a Amèrica...
I jo, sola, comprens?...

LIBORI:

Sí, sí, és la vida...
Té el vermut, noia, té el vermut...
(SALVADORA *va per pagar.)*
No el paguis.
Ja ho trobarem plegat...

SALVADORA:

Adéu, Libori...

Se'n va la SALVADORA.

ESCENA III

Els mateixos, menys SALVADORA *i de seguida* ROSA, GRACIETA *i* MARIA.

Entren ROSA, GRACIETA *i* MARIA.

MORENO:
Mira-les! Que pleguem?...

BALDIRI:
Ja han vist les mosses!...

GALLARET:
Pel que s'hi guanya... T'ho endús tot... *(Al* MORENO:*)*
Què et sembla?

MORENO:
A mi? Tres guiules per a obrir la gana...

ROSA:
Què diu, el desmenjat?

LIBORI:
Tu, deixa els homes...

Baldiri:
Sí, no t'acostis, que són vius i piquen.
El teu ja se n'ha anat.

Rosa:
Que m'esperava?

Moreno:
Se't jugava els diners del llit de nuvis;
com que ha perdut, hauràs de dormir a terra
o bé a la sorra com els gats...

Baldiri:
No el creguis.
Enveja que li té...

Rosa:
Poc que l'escolto...

Baldiri (*a* Libori):
Aquí va tot... i deu pel noi...

Libori:
S'estima...

Baldiri:
Au, que es fa tard...

Moreno:
Jo em quedo, no tinc pressa...

BALDIRI:

Si ja fa un temps per a agafar tonyines,
s'està millor amb les mosses que a la barca.
Adéu, Libori...

LIBORI:

Adéu-siau! Quins homes!...

Se'n van BALDIRI, GALLARET *i* ANTONET.

ESCENA IV

Resten en escena: LIBORI *darrere el taulell;* RUFÍ, *que s'ha adormit; el* MORENO, *que va remenant les cartes com si fes el solitari, i les tres noies que el volten.*

ROSA:
Que saps tirar les cartes?...

MORENO:
Que ets curiosa!
Jo sé el que sé...

GRACIETA:
Ai, noi, gastes mal geni!

MORENO:
No, dona, no! *(A* ROSA:*)* Què vols que t'endevini?
Veus? El cavall de copes...

ROSA:
Sí, i què passa?

MORENO:
Que serà un noi dels que els agrada beure,
com jo mateix...

ROSA:

Qui?...

MORENO:

El teu.

ROSA:

El meu?

MORENO:

Sí, dona,
el marrec que tindràs d'aquí a nou mesos.
(GRACIETA i MARIA es posen a riure.)

ROSA:

Desvergonyit!

MORENO:

Que no és demà que et cases?

ROSA:

És clar que em caso...

MORENO:

I què? No estàs contenta?

ROSA:

A mitges...

GRACIETA:

Què ha de dir?

MARIA:

Mira, la boja!
S'endú la clenxa més lluent del poble!

MORENO:

Gràcies!

GRACIETA:

Sí, noi, no cal que t'hi capfiquis.
Al Rafel, no li arribes ni a la faixa.

MARIA:

Bé, bé, no tant...

MORENO:

Mireu, a mi les mosses...
(S'aixeca de la cadira per anar-se'n.)

GRACIETA:

Què diràs, renegat?

El RUFÍ, *adormit, ronca; ha començat fluixet i ara apreta.*

ROSA:

Sentiu com trona?...

GRACIETA:

És el Rufí, que està roncant la merla.

La RUFINA *entra per la porta, al moment que el* MORENO *se'n va.*

ESCENA V

Els mateixos i la RUFINA.

LA RUFINA:
Que no heu vist el meu home?

ROSA:
La Rufina...

MORENO *(anant-se'n)*:
Allí el tens estirat...

LIBORI *(des del taulell)*:
Sí, no el despertis
Li farà mal la prisa...

La RUFINA *sacseja el seu home.*

RUFÍ:
Què, què passa?
Ets tu?

LA RUFINA:
Sóc jo...

RUFÍ:
I què vols?

LA RUFINA:

I m'ho preguntes?...

RUFÍ:

No..., et preguntava...

LA RUFINA:

Què?

RUFÍ:

Quantes paneres?

LA RUFINA:

Rufí...

RUFÍ:

Vull dir a quant heu pagat l'anxova.

LA RUFINA:

Rufí...

RUFÍ:

Rufí, Rufí... Però no em peguis,
eh? Les mans quietes...

LA RUFINA (*a* LIBORI):

I tu!

LIBORI:

Jo...

LA RUFINA:

Vergonya!
Vergonya i ganes de plorar!...

LIBORI:

Rufina!

RUFÍ:

No en facis cas... *(Assenyalant que és guillada.)*

LA RUFINA:

Rufí!...

RUFÍ:

Bé, prou romanços.
Si has vist cua de gall, posa-t'hi cebes...,
o posa-t'hi llimocs, que a l'aigua els donen...

LIBORI:

Res de baralles!

RUFÍ:

No, res de baralles...
Però és que aquesta, saps?, deixa'm encendre!
No en té prou, d'estafar els de la barcada,
i els de l'encesa, i els de les tranyines,
pagant més baix i retallant el compte;
no en té prou de tancar la calaixera
i negar-me el diner que li demano
i fer-me dur tot un pedaç per calces,
que voldria tenir-me a la cadira

al davant d'ella i aguantant la troca,
i dient-li: «Rufina, ai que em marejo
amb aquests ulls que tens!...» Que en fa, de llunes,
que li conec el pes! No se'n recorda,
que hi ha miralls al món! Guaita't la cara!

LA RUFINA:
No el sents?...

LIBORI:
Jo, noia, no sóc fi d'orelles
per si tu i ell us repiqueu la ganya.
El cafè és el cafè...

LA RUFINA:
Doncs, d'això em queixo!
De que li vagis abocant les prises...

LIBORI:
I que no paga!

LA RUFINA:
Així et pagués amb ronya!

LIBORI:
Ui, quin mal vent!

LA RUFINA:
¿És que no fa misèria
veure com una negra nit els pinça,
que fan de mal guanyar, quan ve la barca,

i ara boguet, i ara no res, i aguanta't,
i ara només que gallimons, i un dia
fas una sort, i en tens per tall i roba,
i aquest amb aquest rom d'escanyar rates
se'ls gasta tots? Ditxós cafè i qui el mena!
Si no hi hagués cafè, ja et mullaries
a la barca amb els altres!...

LIBORI:

No t'enfilis!
Si no hi hagués cafè, ja fores morta.
Pobres pescaires si el cafè se us tanca
i un dia en el taulell no hi ha beguda!
Si això és el cor de tots, i és alegria
dels mals xarracs i les samarres negres!
Si no fiés el cafeter, Rufina,
més d'un home del poble, ell i la barca
ja s'haurien petat contra les roques
de fàstic que fa tot... Si el nord apreta,
i s'acaba el vermut, ai, pobres dones,
al llit, hi trobaríeu mossegades
i res més...

RUFÍ:

Què és allò que tu et mereixes.
I el Libori t'ho diu com els canonges
que saben lletra i beuen vi de missa...
Saps que prediques delicat?

LIBORI:

Tu calla,

si no, faré la part de la Rufina.

LA RUFINA:

Tu i ell, dos pagres per llençar!...

Surt CATERINA *de la porta interior.*

ESCENA VI

Els mateixos i Caterina.

Caterina:

Què passa?

La Rufina:

A mi res...

Caterina:

A tu res? Doncs, per què crides?

Rosa:

Ha vist un malarmat que l'empaitava...

Gracieta:

I el Rufí s'ha adormit...

La Rufina:

Sí, rieu, mosses...
I caseu-vos, caseu-vos! Tu, la fresca,
que vas pintada com un bot, pots riure:
veuràs el pa que hi donen, amb un home!...

Rosa:

No serà tant!

LA RUFINA:

Que ho digui ta germana!

CATERINA:

Què vols dir?

LA RUFINA:

Què vull dir? Fes la distreta.
Com si al cafè només fossin rialles...

LIBORI:

Si has vingut per ficar-te amb la família,
ja pots anar-te'n, sents?

CATERINA:

Deixeu-la, pare.

LA RUFINA:

Sí, potser sí que em fermareu la llengua...
També era ros, el teu, també et piulava
com un bernat pescaire a mitja ploma.
I ara què?

CATERINA:

I ara res, ja ho veus, Rufina.
Tan tranquil·la com sempre, tan contenta...

LA RUFINA:

Tan mosca morta...

RUFÍ:

Callaràs? Quin gòbit!

LA RUFINA:

No et fiquis en les coses de les dones,
que tu no hi entens res...

RUFÍ:

Més del que et penses!
Que si em 'gués d'estacar tota la vida
a un rem com tu, ja fóra al cementiri.
Tu vés cridant i vés omplint les caixes!

LA RUFINA:

Ganes que en tens, no us el cregueu...

LIBORI:

Sí, bada!
El Rufí ha estat dels homes...

LA RUFINA:

Tot històries.
És meu, el meu Rufí...

LIBORI:

Doncs au, confita-te'l...

RUFÍ:

Mira, mestressa, no te'm posis tendra,
que he menjat pop i vull que em toqui l'aire.

La Rufina *(a* Libori*)*:

Sí, fos com ell el de la teva filla!

Libori:

Ja t'he dit que, d'això, aquí no se'n parla...

La Rufina:

Poc que és per molestar...

Libori:

Doncs au, amolla.

La Rufina:

Anem, Rufí...

Libori *(per la despesa)*:

I això?...

Rufí:

Posa-ho al compte...

Libori:

I a cobrar a mar?...

La Rufina:

Fuig, home, no t'espantis.
Quant és?

Libori:

Vuit prises..., vuit, que fan vuitanta!

LA RUFINA:

Té, noi, no vull que es digui que el meu home
no paga puntual...

RUFÍ:

És generosa...
Al mig de tot, rondina, però...

LIBORI:

Entesos.

RUFÍ *(anant-se'n amb la seva dona)*:
Me'n vols donar un dels prims?...

La RUFINA *es treu un cigarret.*

LA RUFINA:

Té, noi...

RUFÍ:

Encén-me'l...

La RUFINA *li encén el cigarret i desapareixen per la porta de sortida.*

ESCENA VII

Els mateixos menys el Rufí *i la* Rufina.

Libori:
Té llengua per fer mal, aquesta dona;
poc que em fa goig...

Caterina:
Deixeu que diguin, pare...

Libori:
Et cuides del cafè, que jo m'arribo
a la botiga a adobar ormeig. Si vénen...

Caterina:
Esteu tranquil..., no es trencarà cap copa...

Libori *se'n va.*

ESCENA VIII

Les altres tres noies s'hauran disposat, després d'anar-se'n el Moreno, *en un racó d'escena en tres cadires i treballant en una panera de roba de cosir que hi haurà en una d'aquestes cadires des del començament. Ara es queden soles amb* Caterina *i avancen cap al mig de l'escena.*

Caterina *(a* Rosa*)*:
Ja t'acabo el jersei...

Gracieta:
Mira que és maco!

Maria:
I tan escollerat?...

Rosa:
Doncs, què et pensaves?
Al meu home, li agrada que llueixi;
si la pell fa bonic...

Caterina:
Exagerades!
No n'hi ha per tant, veuràs. Ara s'hi porten.

MARIA:

Per pobres pescadors...

ROSA:

Som com els altres.

CATERINA:

És clar, per barallar-se amb la misèria
més val anar mudat, i ara et ve l'hora.
Després no tindràs temps, ni sous ni ganes...
I, a més, no vull que es digui que a la Rosa
li ha faltat res quan s'ha casat. La mare,
si hagués viscut, s'ho treia de la boca
per abocar-li puntes i més puntes...
Si la mare no hi és, la Caterina
també en sap, de brodar i de cosir roba.

MARIA:

Sí, noia, sí, que tens uns dits de plata.

CATERINA:

Les de l'altre cafè, si les sentíssiu,
no parlen de res més; doncs que rebentin,
que vegin que al Cafè de la Marina
també gastem, si hem de casar la Rosa.

GRACIETA:

Val a dir que en tens sort, de ta germana!

CATERINA:

I no, si això em distreu...

ROSA:

I jo faria
igual per ella, veritat?...

CATERINA:

Bé hi compto.

GRACIETA:

Després fan córrer que li tens enveja.

CATERINA:

Deixeu-les dir...

MARIA:

I el casament t'agrada?

CATERINA:

Per què no ha d'agradar-li, si ell l'estima?...
Millor s'estarà a casa amb el seu home
que voltant pel cafè...

MARIA:

I tu, què?...

CATERINA:

Jo, noia,
jo sóc la gran, m'he de cuidar del pare,
tinc les mans més a to per 'questa feina
de rentar copes i servir begudes;
jo sóc una altra cosa...

ROSA:

Saps què penso?
Que a mi el Rafel, com a home, ja m'agrada,
però m'agrada més...

CATERINA:

Què t'emboliques?

ROSA:

M'agrada més tenir una criatura.
Us en rieu?...

GRACIETA:

Si dius aquestes coses...

ROSA:

Que és res de mal? És de debò que hi penso,
i per 'xò és que m'estimo an el meu home,
perquè així tindré un noi que se li assembli,
amb els ulls negres i el nas fi...

GRACIETA:

Que ets boja!

CATERINA:

Oh, bé, no riguis! No és cap bogeria
el que ella diu...

GRACIETA:

Veuràs, jo...

Caterina:

Tu no hi penses?
Mai hi has pensat?

Gracieta:

Jo no, tinc altra feina;
m'agraden els xicots perquè m'agraden,
i m'agrada ballar i que t'acompanyin
a la font, i mirar-me'ls... Però encara...

Caterina:

Encara no somnies, quan apreta
aquest sol de l'istiu damunt les barques,
i el moll està adormit, i sols t'arriba
la xiscladissa dels menuts que riuen
i es barallen amb l'aigua ran del ventre,
torrats de pell i vius de nas i orelles...
Magres com gallimons, però amb el nervi
d'homenets, que aviat faran la ruta
de Cap de Creus, les nits primes de lluna
amb el gregal que els bufa la camisa
i el rem als dits, i amorraran la barca
davant d'aquest cafè, molls però alegres,
tots platejats d'escates de sardina.
¿No has pensat que entre aquestes criatures
n'hi hagi un de teu; ben teu i del teu home,
que tu te l'has criat, que l'ensenyaves
a caminar, i el nom de cada barca
i el nom de tot l'ormeig de la botiga
i del peix de la mar..., un que s'acosta
cap al teu davantal, i riu, i apreta

amb les mans un joell primet de cua,
que ell l'ha pescat, i diu que és seu i crida
perquè els altres menuts l'hi volen prendre,
i tu defenses el teu fill, i el portes
a casa, i te'l veus sol, a dins la cuina,
i li eixugues la mica de les llàgrimes,
i el guaites, i somrius, perquè s'assembla
al teu home, i és teu, i és el més murri
i el més rissat i el més valent del poble?...

Entra Rafel.

ESCENA IX

Les mateixes i RAFEL.

GRACIETA:
Mira-te'l, aquí el tens; d'això parlàvem.

RAFEL:
De què?...

GRACIETA:
Del pare de la criatura.

ROSA:
Beneita...

RAFEL:
Vol de perdre-hi, quatre dones.

ROSA:
Què dius?

RAFEL:
Que quatre dones contra un home
és un vol maleït: tibes i tibes,
i només en reculls esgarrinxades.

GRACIETA:

Sí, fes-te el mec!

MARIA:

Quin esguerrat que parla!

ROSA:

I jo què?...

RAFEL:

Tu? Que deixis la panera,
i que ja és hora de sortir amb el càntir.

CATERINA:

Altre cop a la font!; tot el sant dia
hi estaríeu anant...

RAFEL:

Sí, qui gemega!
Ara mateix, demà vindrà casada,
i de festeig, ni cues. Ves jo i ella,
si hem festejat i si ens hem dit tres coses.
Entre calar i llevar i anar a la vinya,
i ella aquí dins...

CATERINA:

Ja us vagarà!...

RAFEL:

Què et sembla?
Ja us vagarà! Diria que et fa ràbia,
i que no et ve de gust que me l'emporti.

CATERINA:

Ai, no, noi, t'equivoques.

RAFEL:

Caterina,
tu també anaves a la font els vespres.
Ara, que el teu sorell va capbussar-se
amb l'ham i tot, i no li hem vist la ganya.

ROSA:

Per què li dius això?...

RAFEL:

Perquè s'hi fica. *(A* CATERINA:*)*
Però és que jo m'estimo ta germana.
No sóc com altres, sents?...

CATERINA:

I en tens la llengua.

RAFEL:

Què vols dir?...

CATERINA:

Doncs, vull dir que no t'hi mires,
si fas mal dient coses a una dona
que a tu no et fa cap mal, que no té enveja
de ningú, que du llei a sa germana
i voldria que l'home que la tria
l'estimés de debò i no fos un brètol
com un altre...

RAFEL:

Què tens?...

ROSA:

No veus que plora?

GRACIETA:

Caterina...

CATERINA:

No és res, no és res, ja em passa...

RAFEL:

Poc que em creia que això et 'nés a reprendre.

CATERINA:

Deixa-ho estar...

RAFEL:

No, no, poc que m'ho creia...

CATERINA:

Aneu's-en a la font, vés-te-n'hi, Rosa.
Si em faig càrrec de tot! No t'hi capfiquis,
home, estigues tranquil... No he d'enfadar-me.

RAFEL:

És que un va adelerat...

CATERINA:

I ella és prou fina

per ‘nar-hi adelerat. Si te l’emportes,
no la facis patir ni te la miris
com l’ormeig més lluent de la botiga...

RAFEL:

M’ensenyaràs a contemplar les dones?
Veus aquests ulls, i veus aquesta galta,
i aquesta boca, i aquest coll?... Doncs, mira...

ROSA:

Calla, perquè diràs una bestiesa...

GRACIETA:

Sí, sí, més val que us ho expliqueu a soles.

RAFEL:

Doncs anem a la font...

ROSA:

Porta’m el càntir.

RAFEL:

Avui perquè és avui, però...

ROSA:

Rondina.

RAFEL:

No, no, si avui faré tot el que vulguis,
però demà seràs la meva dona
i vogaràs de gust...

ROSA:

Au, passa, passa...

Fan mutis ROSA *i* RAFEL.

ESCENA X

Les mateixes, menys Rosa *i* Rafel.

Caterina:
Ai, Senyor, quin parell de criatures!

Maria:
És eixorit...

Caterina:
Com tots. Tots fan el tendre.

Gracieta:
Avui tens mala lluna, Caterina;
potser no t'ha provat el vent de França...

Caterina:
Tu també saps cantar aquesta musica?
Te l'ha ensenyada algú de casa teva?

Gracieta:
No sé de què malpenses...

Caterina:
Aleshores
no t'he dit res, Gracieta...

Maria:

És ta germana
i això del casament, el que et mareja.

Caterina:

No sé per què!

Maria:

Perquè tu et quedes sola,
i ara al cafè se't girarà més feina.

Caterina:

Sí, em sap greu separar-me de la Rosa,
no per la feina ni per res; és que ella,
distreta i tot, em feia companyia.
I el pare és vell, i aquí, tot cares d'homes
que t'han vist de menuda, que et coneixen,
però per ells ets sempre això: la mossa,
la noia del Cafè de la Marina,
que ha de somriure sempre, mal que troni
i s'ofegui de fum i de baralles,
que el cafè és el cafè, com diu el pare,
i s'ha d'aguantar tot, per una mica
de sous que comptes a la nit, i encara,
morta de son, has d'esperar els que arriben
amb les primeres barques, i ara torren,
i ara volen un got i un joc de cartes.
I després, a la cambra, t'hi estàs sola,
sola en el llit, tan trist, tan quiet, tan negre,
amb el nord arrapat a la finestra,
i aquest soroll de l'aigua, i cada dia

sempre el mateix, i les mateixes cares,
sense arribar a sortir-ne mai, sent cosa
de tots i de ningú, i els que t'espien,
passavolants o mariners del poble,
no saben el teu nom, ni el cor que gastes,
no saben res de tu, ni els interessa:
serveixes per cobrar i abocar el beure,
per esmunyir-te d'alguns dits que salten,
i si piquen l'ullet, quan tu te'ls mires,
i els pregunten qui ets, només responen:
«La noia del Cafè de la Marina»,
com volent-ho dir tot en tres paraules,
com volent dir que no ets ningú i que et migres,
i se't fon la rosella de les galtes,
sense pena ni glòria ni alegria.

GRACIETA:
Sí, de què et queixes!, això ens passa a totes.

MARIA:
Això és el pa i la sort de ser fadrines.

CATERINA:
Ui, no pas com a mi, perquè vosaltres
podeu sortir del poble...

GRACIETA:
I tu?...

CATERINA:
No, noia...

Jo sóc d'aquest cafè, i sóc d'altres coses,
sóc dels meus mals, que quan l'escorpra et punxa
t'hi deixa el seu senyal tota la vida.
Jo ric i estic contenta, i jo no em queixo,
i ho faig per ma germana; quina culpa
té la Rosa del tràfec que a mi em passa?
Que es casi, i visqui, i tingui fills, la Rosa,
ella que pot i troba qui l'estima!
Jo, no...

GRACIETA:
Qui sap! El grop també s'atura,
i d'un dia en ve un altre...

CATERINA:
No t'ho creguis.

GRACIETA:
En fi, no sé què dir-te, Caterina...

CATERINA:
No cal dir res...

GRACIETA:
Doncs mira, conservar-s'hi.

CATERINA:
Adéu, noies...

MARIA:
Sí, sí, perquè la mare...

CATERINA:
Aneu, aneu i vigileu-me els nuvis.

Se'n van GRACIETA *i* MARIA.

ESCENA XI

Entren Luard, *recolzat a l'esquena de* Tià, *que duu un vestit blanc de mariner amb la gorra que diu «Comandancia de Marina», i al costat d'ell* Rufí.

Rufí:
Doncs l'ajudant és com la meva dona.

Tià:
Però pega més fort...

Rufí:
Bé; això t'ho penses.

Tià *(asseient-se i agafant el diari)*:
Caterina, un vermut...

Caterina:
Va de seguida.

Luard *(a* Tià*)*:
Tu tens el vici de llegir el diari?...

Tià:
Home, què s'ha de fer, si t'avorreixes!...

LUARD:
Jo mai n'he llegit cap...

TIÀ:
Que saps de lletra?

RUFÍ:
Ell?, tu diràs!, si té un grapat de llibres!

LUARD:
En tinc tres, i en tinc prou, i va donar-me'ls
un noi d'Espolla ja fa temps, i em penso
que va morir del pit...

TIÀ:
I tu els llegeixes?

LUARD:
Són històries d'amor...

TIÀ (*a* CATERINA):
El sents, el murri?

CATERINA:
Ui, el Luard!...

LUARD:
I que t'agradarien...
Són coses de París, molt ben pintades,
i fan plorar...

Tià:

Au, au, no ens ensarronis!...

Luard:

Sí, mira-te'l! Sabessis que les lletres
que llegeixes aquí tot és mentida.
I, a més, què se te'n dóna, del que passa
arreu del món, si som pobres pescaires?
¿Que en trauràs res, beneit, de la política,
si t'has de mullar el cul a la barcada
i no has de sortir mai de la misèria?
I jo, veus?, en tinc prou amb tres històries
del temps passat; les penso i les repenso,
i en sé trossos de cor...

Tià:

De què et serveixen?

Luard:

Em serveixen per fer-me companyia
i per imaginar que jo m'hi trobo,
enmig d'aquelles dames i princeses.

Rufí:

Jo et voldria tres vespres amb la dona,
i ja veuríem si somnies truites...
Ets un torrat...

Luard:

Ui, ui, poc que t'escolto!
No sabeu res de res, per 'xò sou pobres.

Rufí:
I tu, què?, que t'atipes de tonyina...

Luard:
Jo tinc més alegria que vosaltres.
I jo ja sé el que em faig...

Entra Claudi.

ESCENA XII

Els mateixos i CLAUDI.

CLAUDI *(a* CATERINA*)*:
Que hi ha el teu pare?

CATERINA:
No. Què li vols?

CLAUDI:
Que ens ha estafat la vella,
que era agre aquell vermut...

CATERINA:
Ves què m'expliques!

CLAUDI:
La mare n'hi ha comprat tota una ampolla,
i no valia res...

RUFÍ:
Escolta, Claudi...
Però te l'has begut, que en fas la cara...

CLAUDI:
Naturalment...

CATERINA:

Així de què rondines?
Només véns al cafè per dir-ne queixes.
Si tan fàstic et fem...

CLAUDI:

Porta una prisa...

RUFÍ:

¿Saps, noi, que et tornes massa mala bèstia
i fins em penso que et convé una dona?...

CLAUDI:

Una de les que furen i retallen
i tenen punxes, eh? Com la Rufina,
però més pel meu gust, de carn més fresca!
Què hi dius? *(A* CATERINA.*)*

CATERINA:

Jo no et dic res...

CLAUDI:

La desmenjada!
Vols fer el favor de dur-me una altra prisa?

RUFÍ:

Mira que et farà mal...

TIÀ:

Ell rai que apreta!

CLAUDI:

No sóc com tu, cul blanc, que les empaites
i et troben eixorit i galta fina;
per mi, tota la raça de les dones,
que l'aboquin a mar i que no en quedi...
Avui, sabeu?, he fet un bon negoci:
han vingut tres marxants d'allà a Cervera.
I que en són, d'animals, aquests francesos!
Sis coves de verats, i el preu, a quinze...

RUFÍ:

A quinze, mentider?...

CLAUDI:

Doncs, què et pensaves?
I era un peix que pudia. Fins la mare
em deia: «Claudi, mira que és consciència,
que això és peix per grumir.» Per grumir? Atura't,
que se l'empassaran, aquests francesos,
i si rebenten, bon profit els faci.

LUARD:

Tens sort...

CLAUDI:

Tinc sort i dents i tinc paraules.
Tot l'any anant a raure a la Rufina,
i al Met, que et fon el bull fins que no en queda.
Tu diràs si, quan passa un xai, no talles
i no els escures l'os, els de Cervera!
Per 'xò s'ha dit que s'ha de fer beguda,

i se'n farà, que el rom és dels que pesquen.
Sents, Caterina?, el rom...

CATERINA:

Tota l'ampolla?...

CLAUDI:

El Luard porta set endarrerida...
Eh, Luard..., no et fa el rom?...

LUARD:

Home, si el pagues!

ESCENA XIII

Els mateixos i BALDIRI.

BALDIRI *(entrant)*:
Els has venut el peix, an els francesos?

CLAUDI:
Els he venut el peix, i beu, i calla...

BALDIRI:
Ja n'ets, de malarmat...

CLAUDI *(a* TIÀ*)*:
I tu, noi tendre. *(A* RUFÍ*:)*
I tu, que ara no et veu la teva dona.

BALDIRI:
I és de debò que files cap a Amèrica?

CLAUDI:
Així s'ha dit, però qui sap...

RUFÍ:
Fa mandra,
oi, Claudi? Mal per mal...

LUARD:

Abans els homes
hi anaven més, a Amèrica; es corria,
es calava més fort; no s'espantaven
amb l'aigua de la mar: la veien grassa
i guarnida de sous; avui fa migra...

RUFÍ:

I tu t'has mogut mai?...

LUARD:

Fins a Mallorca
quan érem al servei... I, noi, quins masos
amb els atlots de Déu i les atlotes!...

TIÀ:

Sí, sí, vols dir quin tip de robar fruita...
Ja et coneixem, Luard...

CLAUDI:

Buideu els vasos...

RUFÍ:

Calma...

CLAUDI:

És que el rom pateix dins de l'ampolla.
Escolta, Caterina...

CATERINA:

Ja t'escolto...

CLAUDI:
Com t'ha provat la sorra de Colliure?

CATERINA:
Per què m'ho dius?...

CLAUDI:
No et facis la garneua.

CATERINA:
Estàs begut...

CLAUDI:
I tant! Ja en són, de ximples,
tots els que vénen a calar amb vosaltres;
igual l'una que l'altra...

RUFÍ:
Pell de dona,
pitjor que pell de cap marí...

CLAUDI:
Princesa,
ja saps què diuen els valents del poble?
Doncs que la noia del cafè va anar-se'n
no pas per enterrar la seva tia
ni per res de diners... Quin rom més magre!...

CATERINA:
Claudi, quan beus t'allargues de la llengua
i parles per parlar; més val que callis...

Claudi:
Sabeu a qui ha enterrat la Caterina?...

Rufí:
Orsa i deixa-ho estar...

Baldiri:
No t'hi emboliquis...

Claudi:
I què, el teu angelet? Que s'hi assemblava?
Tenia aquella boca de gatvaire?...

Caterina:
Claudi!...

Claudi:
Què passa?...

Caterina:
Això que fas no és d'home.
I vés-te'n del cafè...

Baldiri:
Si no s'aguanta!
Massa vermut...

Claudi:
Massa vermut? Espera't.
Amb compliments a tu i ta germaneta?
No sóc un pop com el Rafel...

RUFÍ:

Au, calla!

CLAUDI:

Les noies del Cafè de la Marina!

CATERINA:

Prou, Claudi, prou!

TIÀ:

Cucut! La teva mare...

Entra SALVADORA.

ESCENA XIV

Els mateixos i SALVADORA.

SALVADORA:
Un altre cop! Fill meu, no et fa vergonya?

CLAUDI:
I vós què? Sóc prou gran; ningú us hi fica...

RUFÍ (*a* LUARD):
Ves per què hi vénen, al cafè, les dones.

SALVADORA:
Claudi...

CLAUDI:
Què hi ha?

SALVADORA:
Que vinguis cap a casa,
que no estàs bé per caminar pel poble,
i se'n riuen de tu...

CLAUDI:
De mi, mireu's-els...
Qui és que se'n riu, de mi?

SALVADORA (*a* RUFÍ):

Tu en tens la culpa...,
tu, que el fas beure...

RUFÍ:

Jo?...

CLAUDI:

No te l'escoltis.
Ja n'estic tip; aneu's-en a la cuina,
a gratar el coll del gat, que aquí som homes,
i aquí diem el que volen; fa riure
que a aquesta hora ens atrapin les faldilles
per si bevem o si cantem... La mare!
L'heu vist ben bé? No sé quin all li pica...
Què feu parada? No em sentiu? Aneu's-en!...

CATERINA:

Claudi...

SALVADORA:

Deixa'l estar, deixa'l, no et moguis...
Aquí davant de tots, au, atreveix-te...

CLAUDI:

Ben lluny, me n'aniré, i tu, galta tendra,
vindràs amb mi..., i la mare, que la colguin,
ella i totes les dones de la terra,
que totes són igual... Tindrem beguda
dins d'una barca gran, rom a tothora
sota la vela i sota el sol i sempre
l'aigua del mar, i si topem un dia

un moll ben escurat, ben ple de lladres,
i dones com escorpres, de vermelles
i punxegudes, els prendrem la galta,
i ens en riurem i sentirem com ploren...,
i després fugirem proa a mar lliure,
cap un país estrany... La Caterina
tindrà de tornar a França... I aquests homes
vindran aquí ben aclofats, com sempre...
Esteu tranquils, no us pagaré més copes...
Ben lluny, me n'aniré... La meva mare!...

Claudi *fa mutis per la porta del carrer, repenjant-se en* Tià, *que el va seguint d'esma.*

ESCENA XV

Els mateixos, menys CLAUDI *i* TIÀ.

RUFÍ:
Sempre acaben així, aquestes coses...

SALVADORA:
I tots vosaltres en teniu la culpa...

LUARD:
Beu massa, aquest xicot...

BALDIRI:
I fa misèria,
perquè és treballador i és dels que en guanyen...

LUARD:
El teu marit era com ell; és cosa
que li ve de família... Anem, Baldiri...

RUFÍ:
Sí, ben mirat..., potser que la Rufina
també tingui un rampell i se'ns presenti
amb un arjau als dits...

BALDIRI:
Ja és condemnada!

RUFÍ:

Ves per què hi vénen, al cafè, les dones!...

Mutis de tots tres; es queden CATERINA *i* SALVADORA.

ESCENA XVI

SALVADORA *i* CATERINA.

SALVADORA:

T'ha dit alguna cosa?... No l'escoltis;
quan està així és millor de no mirar-te'l
I és l'únic fill que tinc! Ves si fa pena!...
Ara anirà romancejant pel poble
i fent riure els brivalls... No, ja treballa,
ja és home per la feina i per fer l'home.
Però aquest vici...

CATERINA:

Més m'estimaria
que no hi tornés, aquí. Si ho sap el pare...

SALVADORA:

Em vols creure? És millor que no l'hi diguis.
Quan està així, no és pas que vulgui ofendre.
No comprèn el que engega... I tu...

CATERINA:

Com sempre...

SALVADORA:

Vas patir molt?

Caterina:

Podeu imaginar-ho.
Jo no ho volia pas; va ser el meu pare.
I ella, la tia, que l'hi aconsellava...
Compreneu: jo, la meva criatura,
mal que tingués l'estampa d'aquell brètol,
la volia per mi... I el pare es pensa
que així ja està acabat i no se'n parla.
És un bon home, el pare; sí, ens estima,
però primer de tot són aquests vasos
i aquest cafè, el Cafè de la Marina.
I el que diran al poble, i els que vénen
a renegar i a doblegar les cartes...
El pare no s'hi fixa, si jo em moro
de tristesa aquí dins, si veig la Rosa,
que tindrà criatures batejades,
i jo no tindré res; de llengua en llengua
aniran explicant la teva història
i tot el que ha passat...

Salvadora:

Ai, Caterina!,
no cridis el mal temps, que el món canvia,
i d'altres han caigut, sense vergonya,
no com tu, perquè tu te l'estimaves
i eres de bona fe. Tu te'l vas creure...

Caterina:

Podeu comptar-hi!...

Salvadora:

I ell, diu que és a França?

Caterina:

Qui sap on és. Millor de no saber-ho...
Que el pare calla, però el mataria
si li olorés el pèl...

Entra Libori *amb una panera de peix.*

ESCENA XVII

Les mateixes i Libori.

Libori:

Tu, Salvadora,
mira'm això si és mostra de riquesa!
Tu també els tastaràs...

Caterina:

Qui ho ha dut, pare?

Libori:

La vaca del rosencs, tot peix de sopa...
Les orades, les veus?, encara piulen,
i són grasses... I el déntol, com badalla...

Caterina:

I per què és tan refresc?

Libori:

I ara! Ho preguntes?
És pel tiberi, doncs, és per la festa
que farem al Cafè de la Marina.
Demà és el casament...

Caterina:

Ves que sóc boja...,
no hi havia caigut...

Libori:

Tots els que en mengin
veuran si sap gastar-se'ls, el Libori,
i si la mar escup escata fresca
i peix del millor peix, per la menuda...
Però què feu?, esteu galtaparades...
I aquesta ampolla i tot això?...

Caterina:

Els de sempre:
el Baldiri, el Luard, que han fet beguda...

Libori:

I el teu noi?...

Salvadora:

I el meu noi...

Libori:

Hi ha hagut baralles?...

Caterina:

No, pare, no...

Libori:

No s'ha trencat cap copa?...

Caterina:

I ara!... Guaiteu-ho vós mateix...

Libori:

Pubilla,
tot aquest sofregit fa mala ganya...
No puc deixar el cafè, no hi ha manera!
El Libori al taulell. No puc deixar-lo...
I la menuda, on és?...

Caterina:

Amb ell, que volten...
Deu dar-la aquí mateix...

Libori:

Crida-la!

Caterina:

Rosa!

La veu de Rosa:
Ja vinc...

Caterina:

Afanya't, que et demana el pare.

ESCENA XVIII

LIBORI, SALVADORA, ROSA *i* CATERINA.

ROSA *(entrant)*:
Què voleu?...

LIBORI:
Vull mirar-te una miqueta...

ROSA:
I ara!...

LIBORI:
Sí, filla, perquè avui hi ha tràfec,
i demà encara més, i és l'últim dia
que vius en el cafè i ets la menuda...
I ara que et tinc sobre el genoll em sembla
que m'estic contemplant la teva mare,
perquè era igual, igual que tu, i voldria
dir-te que ets un xiquet escorredissa,
i ets massa criatura, i jugues massa,
i t'ha arribat de tenir seny com ella...
M'entens, Rosa? M'entens? La Caterina
és més quieta i entenimentada,
però tu ets un franquet... Demà el teu home
voldrà que siguis tota per la casa
i per ell, i al Cafè de la Marina
t'haurem perdut...

ROSA:

Ves quines coses, pare!...
Per què m'haureu perdut? No he de morir-me...

LIBORI:

Oh, bé deixa-ho estar, la casa apreta
i el marit mana, i jo sóc vell, i compta,
però jo no voldria que diguessin
que tot allò que surt de casa meva
no fos el bo i millor; jo no voldria
que en cap moment la noia del Libori
no fos com ha de ser...

ROSA:

Què teniu, pare?...
Què vol dir tot això?...

LIBORI:

Vull que t'assemblis
ben bé del cor i el pensament a l'altra,
a la que et va dur al món... La Salvadora
la coneixia prou, i era tan tendra
i de tants miraments...

SALVADORA:

I tant si ho era!...

LIBORI:

Però no vull llevar-los l'alegria... *(A CATERINA:)*
I a tu tampoc... Déu meu, però que plores?

Caterina:

No és res, pare, no és res...

Libori:

Si ta germana
no ens deixarà del tot; tu també un dia
et casaràs com ella... Oi, Salvadora?...
És que em faig vell, sabeu?, i aquesta casa,
i aquest cafè i el mar, i tanta feina...,
Però no és hora de les cares llargues.
No, no, no vull llevar-vos l'alegria.

TELÓ

ACTE SEGON

La mateixa decoració de l'acte anterior.

ESCENA PRIMERA

És al vespre, i en el cafè encara dura la xerinola del casament de Rosa *i* Rafel. *En una taula hi ha* Libori, *amb* Rosa, *que porta mantellina de núvia, i* Rafel *vestit d'americana negra.* Libori *també s'ha mudat tant com ha pogut.* Caterina *serveix copes i refrescs.* Gracieta *i* Maria *estan en un grup de mariners joves: el* Moreno, *el* Gallaret, *el* Tià *i algun altre mariner. El* Rufí *i el* Luard *parlen amb* Monsieur Bernat, *que és un comerciant de peix rossellonès convidat a la festa. El* Libori *el tractarà amb molts compliments. L'*Antonet *fa rodar un orgue de maneta posat a l'entrada del cafè que dóna a la platja; d'aquest orgue, se'n veurà només una part.* Baldiri *beu en el taulell. La* Salvadora *seu al costat dels nuvis, i la* Rufina *s'està al costat de* Salvadora, *però vigilant sempre el seu home. En aixecar-se el teló, toca la música de l'orgue, i anirà seguint a claps, mentre dura la mica de ball.*

Libori:
Au, Rufina, ara tu...

La Rufina:
Si em fa vergonya...

Baldiri:
Tres volts, a veure com estàs de cames?

La Rufina:
Si fa tant temps... Rufí...

Rufí:
Què, no t'engresques?

La Rufina:
Primer els nuvis...

Rafel:
Amunt, que ja m'agrada...

Libori:
I fins jo ballaré amb la Salvadora;
avui s'ha de ballar!

Salvadora:
Bé, bé, no corris...

Libori:
Què m'has de dir? Que vas massa feixuga?

Salvadora:
Que ets boig!

Libori:
Mireu com s'hi desfà, la Rosa...

Rufí *(a la seva dona)*:
Ara tu i jo...

BALDIRI:

No hi planyis res, Rufina...

MORENO:

Que ballin sols...

LIBORI:

Amunt. Com s'hi recalca!

Han parat de ballar els nuvis i el MORENO *i el* TIÀ, *que ballaven amb la* GRACIETA *i la* MARIA, *i ballen quatre compassos el* RUFÍ *i la* RUFINA.

BALDIRI *(a la* RUFINA*)*:

Sembla que encantis un paner de bisos...

LA RUFINA *(al seu home)*:

Ai, no m'estrenyis tant!

RUFÍ:

Si això és la moda...

LIBORI:

Quin morenell més gras! Es veu que pesa...

LUARD:

Ja té els seus anys i ja ha calat vegades.

RUFINA:

Ai, prou, Rufí! No voltis, que em marejo...

Rufi *(parant de ballar)*:
Sí, t'han fet mal les potes de llagosta.

Bernat:
Doncs jo vus dic que és una gaia festa.

Libori:
Us fa, mussiú Bernat?

Bernat:
Repei per hores,
conti que us amuseu, i la marxanta
pla grimpa fort!... Valents, aquests pescaires!

Luard:
Mussiú Bernat, sabeu?, això va a dies.

Bernat:
Sempre que sum estat entre vosaltres
pas que us sum vist una hora malerusa.

Luard:
Si vinguéssiu l'hivern, a la barcada,
sabríeu què és patir i suar i mullar-se,
i tot per res...

Bernat:
Havia oït a dire
que no us hi xagrineu...

RUFÍ:

Jo no pas gaire.

BERNAT:

En mar, no hi sum estat ni una vegada;
em plau molt més la pesca de la linya,
no em cansi pas, fillets, i si n'atrapi,
sum hurús...

RUFÍ:

Això és pesca per la mandra.

LIBORI:

Què diu, mussiú Bernat? Una altra prisa...

CATERINA *li porta beguda.*

BERNAT:

La Caterina és una flur de maca...

CATERINA:

Sí, sí, mussiú Bernat, està de broma...

SALVADORA *(a la* RUFINA*)*:

Aquest francès sembla una mica ximple.

LA RUFINA:

Deixa'l estar; negocis del Libori!
L'ha convidat per coses d'ell...

La ROSA *i el* RAFEL *s'aixequen.*

LIBORI (*a* ROSA *i* RAFEL):

Ja és hora?

ROSA:

Sí, pare, jo em trauré la mantellina
i agafarem el sac...

RAFEL:

Que la tartana
ens espera, sabeu?...

LIBORI:

Quin pam de gendre...

BERNAT:

Fan una cupla de les pus vistentes;
és l'amur...

Els nuvis se'n van per la porta interior.

MORENO:

Tu, Rafel, no t'entretinguis.

ESCENA II

Els mateixos, menys els nuvis.

ANTONET:
I els deixeu sols?...

LIBORI:
Jo rai! Ja hi ha el vicari,
que els ha grumits amb sal i aigua beneita.

GRACIETA:
Au, Gallaret! Què fas parat? Un altre!

LIBORI:
Mussiú Bernat... *(Com invitant-lo a ballar.)*

BERNAT:
Si hu vul la Caterina...

CATERINA:
Vol dir? Jo no en sé gaire...

BERNAT, CATERINA *i el* MORENO *i l'*ANTONET *ballen.*

BALDIRI *(a* RUFÍ*)*:
Has vist, el murri?

RUFÍ:
Aquest verat té el bull a la misèria.

LUARD:
Tots els francesos són així; quins homes!
Vénen vells i s'arrapen a les guiules
com joves de vint anys, tots els francesos;
allà l'*amur i* el ball... Quan jo m'hi estava,
demaneu...

BERNAT *(ballant, a* LIBORI*)*:
Té un bell cos la Caterina.

LIBORI:
És filla del seu pare...

RUFÍ:
Doncs jo em penso
que aquest francès que diu que pesca amb canya
ja té la boca a l'ham. Guaita el Libori...

LUARD:
Veuràs, són coses d'ells...

LA RUFINA *(al seu marit)*:
Què t'emboliques?
Ja parles mal de mi?

RUFÍ:
Guaita, Rufina,
quin got més buit...

La Rufina:

Libori...

Libori:

Què?

La Rufina:

El meu home
se m'ofega de set... No, no n'hi donis...

Libori:

I deixa'l beure!...

Baldiri:

No vindrà d'aquesta...

Para el ball i Bernat *torna a* Luard *i* Rufí.

Bernat:

Vus dic que té un bell cos la Caterina;
mai sum ballat tan a pler...

Rufí:

És la prisa...
és el dinar, mussiú Bernat...

Bernat:

No hi compti.
Sum pas begut enllà de quatre veires;
el marxant ha de fer gallarda mina;
mai me sum enivrat...

Tornen els nuvis a punt de marxa.

ESCENA III

Els mateixos i els nuvis.

GRACIETA:

Ja torna el nuvi.

MORENO:

I ella, mireu, sembla que està vermella...

ROSA:

Calla, perdut...

RAFEL:

Sí, noi, no me l'esveris,
que s'han de fer tres hores de tartana...

SALVADORA *(a* LIBORI*)*:

Dormiran a Girona!

LIBORI:

Això, s'ho pensen.
Jo poc que vaig dormir quan vaig casar-me...

SALVADORA:

Sempre seràs un cap de trons, Libori.

LIBORI:

Són joves, dona... *(A* ROSA*:)* Que no estàs contenta?

ROSA:

Jo, molt...

LIBORI:

Doncs, jo no tant...

LA RUFINA:

Bé, res de llàgrimes!

LIBORI:

Com que no saps el que és casar una filla...

BALDIRI:

És clar, com que ella no ha tingut mainatges!...

RUFÍ:

I ha estat per culpa d'ella, que jo...

LA RUFINA:

Calla!

MORENO:

Bé, deixa'l explicar...

LA RUFINA:

Que es despedeixen.

Esteu pels nuvis un moment...

LIBORI (*a* RAFEL):

Tu, gendre,
mira que te la dono, i te l'emportes,
i és de palangre, sents?, vull dir que és fina!

RAFEL:

Poc que us sabrà cap greu 'ver-la donada,
oi, noia?

LIBORI:

Ets eixorit... Au, estimeu-vos.

ROSA:

Adéu, pare...

LIBORI:

I abriga't, que fa fresca...
Hi ha un gregalet...

CATERINA (*a* ROSA, *besant-la*):

Adéu i diverteix-te...

La ROSA *besa la* SALVADORA, *la* RUFINA *i les dues noies.*

SALVADORA:

Sigueu uns bons casats...

LA RUFINA:

I tu vigila'l...
El Rufí al primer mes ja m'enganyava;
l'has de lligar ben curt...

ROSA:

I tant, Rufina!...

El RAFEL *s'acomiada del* MORENO, *del* TIÀ, *de l'*ANTONET, *dels altres; una o dues o tres encaixades.*

MORENO:

Quin plat avui! No és pas com 'nar a Figueres.

TIÀ:

Es tornarà vermell...

RAFEL:

Sí, sí, imagina't...
Ja estic curat...

MORENO:

Si no hi hagués franquesa...,
oi, Rafel?...

RAFEL:

Oi que sí... *(A* ROSA*:)*
Au, que ens esperen...

LA RUFINA:

Ja et comença a manar, veus?, ja surt l'home.

ROSA:

Deixeu-me fer... Adéu-siau...

RUFÍ:

I visca...

TOTS ELS NOIS:
Visca la núvia!...

RAFEL:

Adéu...

LIBORI (*quan desapareixen i s'acaben els crits d'adéu*):
Sí, sí, és la vida...

ESCENA IV

Els mateixos, menys els nuvis.

LIBORI:
Mussiú Bernat, la vida: tu les puges,
et costen treballar, i arriba l'hora
que un malarmat et veu l'artó i s'hi fica,
et forada l'ormeig i et fuig l'anxova!
És la vida, sabeu?...

SALVADORA:
No t'hi entristeixis.

BERNAT:
No us feu el malerús...

RUFÍ:
Per 'xò són dones!...

LIBORI:
Però reprèn...

BALDIRI:
I satisfà... si ets pare...

LUARD:
Són sentiments...

GRACIETA:

Adéu-siau, Libori.

MARIA:

I gràcies, eh?...

CATERINA:

Ja us en aneu?...

GRACIETA:

Sí, compta...,
la mare fa tres hores que s'espera...

MORENO:

I bon profit a tots i fins una altra.
Tià!...

TIÀ:

Ja vinc...

ANTONET:

I jo també...

GALLARET:

És la feina...

RUFÍ (*a la* RUFINA):

Potser que fem un pensament...

LA RUFINA:

Quan vulguis...

SALVADORA *(a* CATERINA*)*:
El Claudi deu haver arribat... Ja és hora
de que pleguem...

LIBORI:
Buideu-me la botiga!
I què el repàs?...

SALVADORA:
Tot cosa de primera.

BALDIRI *(a* LUARD*)*:
I jo i tu?...

LUARD:
Mirarem si els altres surten...
I per molts anys, Libori...

BALDIRI:
I moltes gràcies...

Se'n van anant tots i es queden CATERINA, LIBORI *i el* SENYOR BERNAT.

ESCENA V

CATERINA, LIBORI *i el* SENYOR BERNAT.

LIBORI:

S'han atipat com mules marselleses,
i ara nosaltres recollim el vidre...

BERNAT:

Cum el llapí s'esmuny la convidada...,
resta el millú, resta la Caterina...

CATERINA:

Mussiú Bernat...

BERNAT:

Vus en aneu?...

CATERINA:

La roba.

BERNAT:

Pas és dia de feina ni mudista...:
el mariage, el repàs... Cal reposar-se;
estareu lassa de treball...

CATERINA:

Sí, compti...

Per tots nosaltres s'ha acabat la festa.
I ara tornem-hi...

LIBORI:

Sí, és allò, la vida...

BERNAT:

Domatge que partiu...

CATERINA:

Vaja, a reveure...

Se'n va CATERINA.

ESCENA VI

LIBORI *i* BERNAT.

LIBORI:
I aprofitem aquest moment de calma
per parlar una miqueta de negoci...

BERNAT:
Si vus he d'ésser franc, monsieur Libori,
vus diré que l'afere no du pressa...
Jo sum vingut perquè me plau la festa
i em feia mult de pler la cunvidada,
mes balleu que deixéssim la garnatxa
i parléssim un pic de Caterina...

LIBORI:
Mussiú Bernat, què hi pinta aquí la noia?

BERNAT:
Ju sum estat una ànima seriusa...
Des que fou la difunta a la biera,
des que fou enterrada, vus hu juri
pel bon Déu, tota una ànima seriusa
sum estat ju, pas casadur de filles...
A Banyuls vus diran si hi ha pas home
més delicat en tut...

LIBORI:

No, no, ja hi compto.

BERNAT:

Mes sum sulet, sabeu?, i allà el mariatge
amb duna d'allà dalt nu'm fa mengera;
sum cuneguts, i pensi que de fora,
per lu vostru país atraparia
una dama per mi. Pas vell per ara,
pas malaltís, puc plere a la que sia,
i sum pusat els ulls en la minyona
del cafè, en la vustra Caterina...
Hi ha sous llargs al meu mas, i els meus aferes
grimpen pas mal...

LIBORI:

Mussiú Bernat, la noia
és delicada, és delicada i tendra...

BERNAT:

Sum pas jueu, sum pas una rascassa...
No és mal prufit que vus devingui gendre.

LIBORI:

Però així, de sobtat, un no hi comptava...

BERNAT:

Gent d'aferes sum naltres, veu pulida,
dit i pastat cum lu gató...

LIBORI:

Ui, les dones
no són ben bé com els quintars d'anxova,
ni són ben bé com el raïm. Se'n parla...
Si ella hi ve bé..., per mi no em desagrada...

BERNAT:

No us desplau pas monsieur Bernat per gendre?

LIBORI:

No em desplau pas, no, no, ben al contrari...

BERNAT:

Doncs, li passeu el mot a la minyona
i pas pus per avui; demà em respongui.
I ara, per mun repòs, vai a la fonda...,
i rumieu si us convé...

LIBORI:

És que em sembla un somni.
Veureu, em sembla que és que esteu fent broma.

BERNAT:

Els banyulencs no sum gota trufaires
i, quan parlem, no fem pas de la blaga.

LIBORI:

Mussiú Bernat...

BERNAT:

Adéu, monsieur Libori.

No me'n garleu ni un mot an els pescaires,
d'aixú que sum parlat.

LIBORI:

Ni una paraula.

Entren RUFÍ, LUARD *i* BALDIRI.

ESCENA VII

LIBORI, RUFÍ, LUARD *i* BALDIRI.

RUFÍ:
Fins ara el tens aquí...

LUARD:
Tots els francesos,
els agrada xerrar i matar l'estona...

LIBORI:
Que no sortiu?...

RUFÍ:
Sembla que no...

LIBORI:
Hi ha mandra.

LUARD:
Has quedat com un rei; fills meus, quina olla!...

BALDIRI:
Era peix bo...

LIBORI:
Comprat als de la vaca...

RUFÍ:

I què el francès? Ja s'ha atipat?...

BALDIRI:

Com reia!

RUFÍ:

Se t'estava menjant la Caterina.

LIBORI:

I tant, i tant!...

BALDIRI:

Que hi ha garnatxa a bordo?

LIBORI:

Si em guardeu el secret...

RUFÍ:

Però què passa?...

LIBORI:

Heu de callar...

BALDIRI:

Sí, home...

LIBORI:

És la fortuna,
sabeu?, és una sort de les més fines...

RUFÍ:
Amolla...

LIBORI:
Ja està fet; sardina al cove,
fet i pastat...

BALDIRI:
El què?

LIBORI:
Que anem per l'altra...
Mussiú Bernat es casa amb la pubilla...

LUARD:
La Caterina?...

LIBORI:
Us juro que s'hi casa.
I de pressa, m'entens?...

RUFÍ:
Però, i la noia?...
La Caterina, què?

LIBORI:
La Caterina?
Hi està boja! L'estima, i ja no pensa
res més que en el francès; bona parella,
fa? Què m'hi dius?...

RUFÍ:

Veuràs, que ell és un déntol
una mica picat; no és dels més tendres...

LIBORI:

I que no saps els coves de moneda
i els masos, i l'estiba de negocis
que té mussiú Bernat?

RUFÍ:

Així és conta...

BALDIRI:

La vestirà com una senyorassa...

LUARD:

I vols dir que Banyuls té de provar-li?
Són aires escalfats...

LIBORI:

Bah, com un sucre!
Amb riquesa tot prova; és un sant home
tocat i delicat. Ui, si ho sabéssiu!

RUFÍ:

I està enterat...?

LIBORI:

De què?...

RUFÍ:

Home, de l'altre...

LUARD:

En això, no s'hi fixen els francesos...
No són gent tan mirada com nosaltres...

LIBORI:

I què se'n té de dir, de la xicota?
I ell poc que en sap, i poc que n'imagina!...

RUFÍ:

Home, no, no. Només ho preguntava.
Com que t'ho veus tan fet...

LIBORI:

Si vull, els caso
demà mateix...

RUFÍ:

Doncs, noi, l'enhorabona...

LIBORI:

Jo me'n vaig a parlar amb el secretari;
Vosaltres, muts, s'entén? Si ve la noia,
no n'hi diguéssiu res... I tu, vigila'm *(a* BALDIRI:*)*,
i serveix tu mateix, si és que en demanen.

BALDIRI:

Et conec el taulell!

LIBORI:

Doncs, au, ja torno... *(A* RUFÍ:*)*

Ni una paraula, sents? Que la Rufina
ho escamparia a tot arreu...

RUFÍ:

Refia-te'n.

Se'n va LIBORI.

ESCENA VIII

Els mateixos, menys Libori.

Baldiri:
Ho veus net, tot això?

Rufí:
Ni poc ni gaire...

Luard:
De vegades són coses dels francesos;
potser li ha dat l'embruix, la Caterina...
Ells parlen del *bunur*, i quan el troben,
passen per tot. Quins homes, els francesos!

Rufí:
Si no se'n 'via sentit res, si es deia
que la noia va anar-se'n a Colliure
Déu sap per què...

Baldiri:
I tant, i tant que es deia...

Rufí:
I ara ve un rap i se l'empassa viva?
Però que és mec, aquest Bernat pescaire?...
No ha olorat res?...

Baldiri:

Els banyulencs no ensumen;
tenen el nas tapat com les mussoles.
Per 'xò són de Banyuls, oli i garnatxa,
molt comprar i vendre, però durs de clepsa,
i si topen fan veure que no topen...

Rufí:

Per mi tot són comèdies del Libori...

Luard:

Peix menja peix! I es conten tants misteris!...

Entra Caterina.

ESCENA IX

Els mateixos i Caterina.

Caterina:
Que és fora el pare?

Rufí:
Ha anat al secretari.

Caterina:
Que passa res de mal?...

Baldiri:
Tu deus saber-ho.

Caterina:
No us entenc.

Rufí:
Ui, que ets bona comedianta!
Aquell francès no et treia els ulls de sobre.

Caterina:
Mussiú Bernat? I que és feixuc, quin home!
Si no fos perquè paga i perquè compra
i perquè el pare no té un no!... Em fa fàstic,
mussiú Bernat. Si són tots els francesos

tan aigualits i tan poqueta traça,
per mi que es quedin allà dalt... i es morin!

BALDIRI:
Fas el paper ben fet...

RUFÍ:
T'hi pintes sola...

CATERINA:
Què voleu dir?...

RUFÍ:
Que ja ho sabem.

CATERINA:
Què passa?

LUARD:
Ja ho hem enraonat amb el teu pare...

CATERINA:
Ai, noi! Vosaltres sí que esteu de broma!
Perquè he ballat un ball? Jo no podia
desairar els convidats...

RUFÍ:
Sí, sí, no et moguis...

CATERINA:

A mi, deixeu-me estar. Voleu les cartes
o què voleu?...

RUFÍ:

Jo vull una altra prisa...

ESCENA X

Els mateixos i Tià, Moreno, *una* Artista *i el seu* Valent.

Tià:
I diuen que ha arribat de Barcelona.

Moreno:
I que canta a Portbou, però no ho creguis;
això són gent que va molt escurada.

L'Artista *(entrant)*:
Aquest és el cafè?...

Caterina:
Sí, senyoreta,
aquest és el cafè. Què volen prendre?

L'Artista:
Jo prendré calissai; vull coses dolces...

El Valent:
És per la veu; la senyoreta canta.
(Al Tià *i al* Moreno:*)*
I vosaltres també sou fills del poble?

Moreno:
Fills i veïns i tot el que es presenta.

El Valent:
I aquí pesca tothom...

Luard:
Si es pot, es pesca...
Els senyors deuen ser de Barcelona.
Poc que coneixen el país...

L'Artista:
Voldria
sortir a pescar una nit...

Luard:
Feina per pobres;
s'embrutiria tota, la senyora.
Això és per homes i per gent que en saben
i no els hi ve de rem ni de mullena...

Baldiri:
Mal negoci, la pesca...

Rufí:
Ui, mal negoci!

El Valent:
Em sembla...

L'Artista:

Què?

El Valent:

Que no s'hi maten gaire...
Sempre us esteu aquí al cafè?

Luard:

Va a dies.
Quan entra el nord no és pas de sucre, l'aigua...

L'Artista:

Què vol dir el nord?

El Valent:

Vol dir la tramuntana.

L'Artista:

Aquell vent que els ho tira tot per terra?

Luard:

Fins el senyor, que és gras, el giraria.

L'Artista:

I no hi ha mai desgràcies?

Luard:

De vegades...

L'Artista:

No sé, m'hi moriria, en aquest poble;
el trobo trist...

LUARD:

És trist pels que treballen
i no allarguen un sou ni res d'armilla.
Divertiment, n'hi ha poc...

BALDIRI:

I la senyora,
és artista?...

EL VALENT:

És artista.

RUFÍ:

I és ben maca...

L'ARTISTA:

Que són galants, els pescadors!

BALDIRI:

Sí, compti!,
com que a ell li toca d'embarcar una dona
que és més eixarreïda que una caua!

RUFÍ:

Totes vénen igual...

L'ARTISTA:

Que són graciosos!
No entenc què volen dir, però em fan gràcia.

LUARD:
I van cap a Portbou?

EL VALENT:
Sí, de seguida...

LUARD:
Allà hi ha més esplai i més grandesa.
Aquí també fa un any que va venir-hi
una artista...

MORENO:
Ben bé que t'agradava...

LUARD:
I va ballar al cafè; no te'n recordes?
(A RUFÍ.*)*

RUFÍ:
Com ne deien, d'allò?...

MORENO:
En deien «la rumba».

LUARD:
Hi varen remugar totes les dones,
però era un ball salat, i anava fresca.
I quin davant més gras que bellugava...

MORENO:
Fuig, no valia res!

LUARD:

I tu què sabes!
Aquests no saben res ni han vist la vida.

MORENO:

Si va ser una enganyifa del Libori!
Si era del Garrigal, aquella dona,
i va venir embarcada de Figueres!

LUARD:

Ves l'eixorit!, a tu van explicar-t'ho.

Entra CLAUDI.

ESCENA XI

Els mateixos i Claudi.

L'Artista:
Quin pescador més ben plantat!

El Valent:
A veure
si fem tard a Portbou...

Claudi:
Tu, Caterina,
qui són aquest parell?

Caterina:
De Barcelona.
Ella és artista i va a Portbou...

Claudi:
I l'home?

Caterina:
Vés a saber! És algú que l'acompanya...
Com no has vingut a casament?

Claudi:
La feina...

Més ben dit: jo no estava per romanços
ni casaments... Em vols portar una prisa?

L'Artista:
També sou pescador?

Claudi:
Quina pregunta!
I vós què sou i de què feu la cara?

El Valent:
Jove!

L'Artista:
Deixa'l estar; el trobo simpàtic...

Luard:
La senyora és artista...

Claudi:
I canta i balla?
(Als pescadors:)
Quan jo feia el servei a Barcelona,
vora el moll i a la cua de les Rambles,
n'havia vist, de dones com aquesta;
ui, si n'havia vist! Totes et diuen
que aquí i que allà i que també són artistes,
i ara ve a presumir-se entre els pescaires
i a dir que va a Portbou i que la lloguen...

El Valent:
Noi, ets molt estirat!

L'Artista:

Jo et dic que el deixis...

Claudi:

Que em deixi, i què? Si no en conec pas d'altres!
Quants taulons has portat damunt l'esquena,
o quantes lletres has escrit?

El Valent:

Anem's-en...

L'Artista:

Escolta, pescador...

Claudi:

Què vols que escolti?

L'Artista:

Si et digués que em fas peça i que m'agrades...

Claudi:

Que t'agrado? Per què? Faries feina!

L'Artista:

No et vindria de gust a la «Congesta»
ballar un ball repicat?...

Claudi:

Ja ets ben torrada!

MORENO *(a* RUFÍ*)*:
Si m'ho digués a mi!...

RUFÍ:
Què?

MORENO:
Que ja hi fórem!

L'ARTISTA:
Ves de quin pa fa rosegons, el ximple!...

EL VALENT:
Anem's-en i no diguis bogeries,
que som en un cafè i que no et coneixen...
Farem tard a Portbou...

LUARD *(a* BALDIRI*)*:
És una artista;
elles sempre les fan, aquestes coses...

L'ARTISTA:
Respon-me...

CLAUDI:
Que et respongui? Si et vols riure
d'un pobre tan pelat com tu mateixa,
però que els guanya a rem i a esgarrapades,
que els guanya de debò, no com la pinta
que portes al costat i se te'ls menja
amb el mocadoret i la corbata

i fent el mec i l'encongit d'esquena;
si et vols riure de mi, no t'hi maregis,
que sóc ben esquilat i que me'ls jugo.
Per 'xò, cap a Portbou... No t'entretinguis,
que es fa de nit i el teu galant t'espera.

El Valent:
Si no és que jo no vull embolicar-me...

Luard:
Fugiu... Que no veieu que estan de broma?

El Valent *(a* Caterina, *pagant)*:
N'hi ha prou amb tot això?...

Caterina:
N'hi ha prou, i gràcies!

El Valent *(a l'*Artista*)*:
Anem, que sempre em tens de comprometre.

L'Artista *(a* Claudi):
Quant hi ha d'aquí a Portbou?...

Claudi:
Remant, tres hores.

L'Artista:
Doncs, t'espero a la nit...

CLAUDI:

Pescant amb canya?

L'ARTISTA:

Ballarem un sol ball, un sol!...

CLAUDI *(anant-se'n)*:

No et cansis!...

EL VALENT:

Em fas caure la cara de vergonya...

L'ARTISTA:

Què vols que et digui? El trobo molt simpàtic.

Fan mutis.

ESCENA XII

*Els mateixos, menys l'*Artista *i el* Valent.

Caterina:
Penso que tractes malament les dones...

Baldiri:
I venia per tu...

Rufí:
Totes l'oloren...

Claudi:
Aquesta gent es creu que es poden riure
d'uns pescadors, i són dos morts de gana...
Mengen un tall calent cada sis dies.
Diable, perquè ve de Barcelona
vosaltres ja us penseu que són artistes.
Veuràs com no els voldran fiar a la fonda.
Ui, a Portbou!...

Rufí:
Potser coneix un vista.

Luard:
Que sí, que sí, que els vistes tots s'ho empassen.

CATERINA:

Sort que, de gent així, no se'n presenta
sinó de tant en tant, que amb el teu geni
al cafè agafaríem bona fama;
no hi vindria ningú...

CLAUDI:

La Caterina!
Segueixes les petjades del teu pare.
Si jo tingués establiment, et juro
que una donota així, no l'hi voldria.

CATERINA:

Ara mirat?...

LUARD:

Ells fan el seu negoci.

CATERINA:

Potser els preguntarem qui va casar-los,
i si porten la butlla a la butxaca...

MORENO:

Doncs a mi m'ha semblat molt eixorida;
coses pitjors pugem dalt de la barca,
eh, Tià?...

TIÀ:

Les pugem..., i no pas sempre...

MORENO:

I que molts dies tu te'n mors de ganes...

CATERINA:

Ben bé que t'ha agradat el que ella et deia.

CLAUDI:

Vols no parlar-ne més?... Que ja en sou, d'enzes!
La setmana que ve en vindran uns altres,
seuran aquí i et pagaran la copa,
iran cap a Llançà, cap a Figueres,
cap a Portbou; es miraran el poble,
diran que és trist, que és lleig, que no els agrada,
i si em topen a mi coent de llengua,
els cantaré el mateix, perquè no es pensin
que els pescadors som un bestiar que bada.
Ningú hi ha perdut res... Oi, Caterina?
Oi que es fa tard i heu de varar la barca?

RUFÍ:

I tu, no surts?

CLAUDI:

Aquesta nit no surto...
Anem, minyons... Si l'ajudant et pega,
t'ho tindràs ben guanyat... *(A* TIÀ.*)*

TIÀ:

Si no és cap hora...

LUARD:
Sou un bon xic ganduls...

MORENO:
I ves qui parla...

Se'n van el TIÀ, *el* MORENO *i el* CLAUDI.

RUFÍ:
És estrany que no vingui la Rufina.

BALDIRI:
Potser també s'ha enamorat i el cerca
amb una espelma al nas...

RUFÍ:
No me'n refio...

BALDIRI:
Au, Caterina, que aquí tens el pare.

Se'n van els altres pescadors.

ESCENA XIII

CATERINA *i* LIBORI.

LIBORI:

Encén el llum...

(L'encén, i l'escena, que era blava, s'acaba d'enfosquir, però un llum elèctric amb pàmpol, projecta una llum potent sobre el taulell.)

Diu que han vingut dos còmics?

CATERINA:

Van a Portbou...

LIBORI:

I ja han pagat el gasto?

CATERINA:

És clar que sí...

LIBORI:

Jo he vist el secretari...

CATERINA:

Però, escolteu, que passa alguna cosa?...

LIBORI:

No passa res i passa molt... Pubilla,
hem de parlar tu i jo...

CATERINA:

Com vulgueu, pare.

LIBORI:

Què et sembla el banyulenc?

CATERINA:

A mi, què em sembla?

LIBORI:

Mussiú Bernat...

CATERINA:

Ves què us diré! Un sant home.

LIBORI:

I res més?...

CATERINA:

I una mica ple de ventre.

LIBORI:

I res més?...

CATERINA:

I un bon xic inflat d'esquena.

LIBORI:

I res més?...

CATERINA:

I ensopit com una salpa.

LIBORI:

I res més?...

CATERINA:

Què us diré! No m'interessa
el banyulenc. Tampoc m'hi he fixat massa.

LIBORI:

Doncs, noia, jo et demano que t'hi fixis...

CATERINA:

Per què?

LIBORI:

Que et fixis en els sous que guanya,
en els masos que té i en el desori
de magatzems...

CATERINA:

Que bon profit li facin!...
Hi ha gent rica pel món. Si una ha de veure
i sospesar tot el diner dels altres!

LIBORI:

Es veu que no m'explico, Caterina.

CATERINA:

Es veu que no...

Libori:

Tu creus en el teu pare;
creus que et vull bé?...

Caterina:

Déu meu, quines preguntes!

Libori:

Tu no t'has adonat d'alguna cosa?
Tu no has comprès que el banyulenc...?

Caterina:

Menjava
I apretava de vi. Tots els francesos
són gent de vida i bon ullal...

Libori:

Escolta'm:
no has vist que el banyulenc es mig fonia
quan ha ballat amb tu?

Caterina:

És de la broma;
pels seus anys, Déu n'hi do. I és cert que apreta.

Libori:

Ja ho he vist, però jo feia els ulls grossos;
ell no apretava a fi de mal... A França
ballen així... Però el pobret patia...

CATERINA:

Bé, bé, expliqueu-ho tot d'una vegada.
Què vol dir el banyulenc, i tants misteris?

LIBORI:

Vol dir que el banyulenc pensa casar-se,
que l'ha picat l'*amur* i que t'estima;
vol dir que tu seràs la seva dona
i ja no patiràs...

CATERINA:

De cap manera;
pare, no, no, no sóc tan desgraciada!
Amb aquell rap voleu que me les hegui?
Un carbassó que du bigoti i barba?
Pare, per Déu! Encara no sóc boja.

LIBORI:

A poc a poc. No corris, Caterina;
el que t'he dit és cosa per pensar-s'hi.
És dir, pensar-s'hi és de beneits. Jo compto
que una sort com aquesta ha d'atrapar-se
mal que es cremin els dits, i ben de pressa
i no deixar-ho refredar...

CATERINA:

No és broma
això que esteu dient?

LIBORI:

Jo m'ho pensava,

però va de debò; diu que t'estima,
i jo li he dit que ni pintat per gendre.

CATERINA:
Així us heu compromès?...

LIBORI:
I he dat paraula.
Comprens? He dat paraula, perquè em creia
que, quan jo t'ho digués, tu et posaries
a saltar i a ballar de tan contenta.
Perquè hi ha diner llarg..., i ell és un home
com un senyor pel compliment i el tracte.

CATERINA:
¿Però no compreneu que a mi m'esvera
pensar que un home així em besi la boca?

LIBORI:
Qui vols que te la besi, Caterina?
No fem el mec i remenem les cartes,
escapcem, i què surt? No surt la groga
ni l'as, ni el rei: et surt el tres de bastos,
que ja pots llençar al foc. Guaita'm, pubilla...
Aquí en el poble, colliràs gran cosa
darrera el taulell? Quin d'aquests homes
dels que han ballat amb tu i dels que et fan peça
vindrà a casar-se amb tu i a festejar-te
després del que ha passat i del que es conta?

CATERINA:

Pare, per Déu!

LIBORI:

No ens enganyem, pubilla.
Tu saps que jo m'he rosegat les ungles
i m'he empassat el fel. No vaig llançar-te
de casa meu, ni un os ni una costella
no et vaig trencar, perquè sóc el teu pare
i perquè va ajupir-me la desgràcia,
i el cafè és el cafè. Has 'nat a Colliure,
hem mort el rastre, però aquí no baden:
aquí s'explica tot, i tu mateixa
ja veus que jo sóc vell i vindrà el dia
que hauràs de recollir i de passar comptes,
i al tupí et trobaràs amb quatre espines
i amb un gat renegant sota la porta.
I res més, sents?, res més, que som pescaires
i pobres escurats. Doncs ara pensa
que arriba el banyulenc i diu: «Entesos,
arrastro d'as i va per mi el pollastre»,
i el banyulenc et té com una reina,
que allà no en saben res, i les madames
et fan un cop de cap sortint de missa,
i esquena de llapí i gigot amb salsa...

CATERINA:

Però és que, compreneu?, és que aquest home,
no sé com dir-ho, però a mi em fa fàstic.

Libori:
I aquell no et feia fàstic?... Ui, la tendra!
Això del homes tot és avesar-s'hi.
Un pic casada ja veuràs com rutlla,
i el banyulenc no és pas de llarga vista,
i tu, Mare de Déu!, tampoc no ets guerxa.
Ell no serà dels més pesats: té feina
i surt molt amb les mules de viatge;
ell vol repòs i compliment...

Caterina:
Són coses
que jo no sé; m'ho heu dit tan de sobtada...

Libori:
Caterina, no és pas un sacrifici.
Creu-me que és una sort... I que no en corren.
Creu-me, aprofita el tall, que ve quaresma.

Caterina:
Deixeu-me acostumar que jo me'l miri
com a promès, que pugui resignar-m'hi,
que em faci càrrec del que sóc...

Libori:
Bé, noia,
no tant, no tant... Perquè és millor de pressa,
i demà vol saber què li contestes...

Caterina:
Allò que vós vulgueu...

LIBORI:

Veus? Ja m'agrades...

CATERINA:

La noia del Cafè de la Marina,
ben mirat, ha de fer el que vol el pare...
No li heu donat paraula? Doncs, entesos...,
seré del banyulenc, Tant se me'n dóna.

LIBORI:

Oh, bé, bé, comprendràs que jo t'estimo,
i que jo no et duc pas a degollar-te...
Caterina...

CATERINA:

No, no, si ara ho penso!
Veig que teniu raó, jo somniava...
Sí, sí, si és una sort...

LIBORI:

Caterineta...,
té diner llarg, el banyulenc... I el pare,
quan sigui vell i plegui la botiga,
veus?, quan aquest cafè sigui d'un altre,
vindrà a veure els *garçons*, i les filletes,
que el banyulenc és un francès de vida,
i allà dalt em diran mussiú Libori
i menjarem una olla de llobarro,
amb l'absenta que hi tiren aquells lladres,
i li dóna un bon gust... Caterineta...

CATERINA:
Sí pare, sí...

LIBORI:
Au, recollim els vasos
i passem comptes... Què deu fer la Rosa?

CATERINA:
'Neu a saber...No deuen patir gaire...

Entren GALLARET *i* ANTONET.

ESCENA XIV

Els mateixos, Gallaret *i* Antonet.
Libori, *darrere el taulell, passa comptes i tanca calaixos.*

Gallaret:
Que ens deixaries una mica d'oli?
Volem anar a torrar...

Libori:
Que n'heu dut molta?

Antonet:
Fins a quatre quintars, grassa que peta.

Caterina:
En tindràs prou...

Gallaret:
Ui, massa!

Caterina:
No l'hi planyis.

Libori:
I els altres?...

Antonet:

Els que han 'nat a Cala Prona
poc que han vist res...

Libori:

És l'any de la pobresa;
no es veu un peix en mar...

Antonet:

Ja podeu dir-ho.
Si no fos que en Libori quan les casa
fa un repàs de senyors, vindríem magres...

Caterina:

A on torreu?...

Antonet:

Al moll, que el vent no hi toca...

Gallaret:

Ja sentiràs els cants, que hi ha garnatxa...

Antonet:

Bona nit...

Gallaret:

Bona nit i conservar-s'hi... *(Fan mutis.)*

ESCENA XV

Caterina *i* Libori.

Libori:

I jo me'n 'niré a dalt; tanca les portes
i renta el vidre, i a dormir... Fa mandra...
Ai..., quin badall! Arriba a Garriguella,
que és terra de badalls... Au, no t'hi cansis...
I no te'm posis trista, Caterina.
Pensa que és una sort...

Caterina:

Bona nit, pare.

Libori *se'n va per la porta que dóna a les habitacions interiors.*

ESCENA XVI

CATERINA *i* CLAUDI.
CATERINA *va a tancar la porta del carrer i es topa amb* CLAUDI, *que entra.*

CATERINA:
Ets tu? M'has espantat...

CLAUDI:
Que estaves sola?

CATERINA:
I que anava a tancar...

CLAUDI:
I on tens el pare?

CATERINA:
És a dalt a dormir...

CLAUDI:
Fa una nit fresca,
i el cafeter té son... I on són els altres?

CATERINA:
Dintre la pell, suposa't...

CLAUDI:

Caterina,
no et sabrà greu que segui?

CATERINA:

No em fa gràcia,
sola amb tu i de nits...

CLAUDI:

Doncs, t'equivoques.
No et diré que si em trobo alguna garsa,
sigui qui sigui, saps?, no m'hi aventuri,
però amb tu no: tu em fas massa respecte...

CATERINA:

Doncs ahir tarda es veu que no te'n feia,
que me'n vas dir...

CLAUDI:

Jo anava gras de prises
ahir tarda...

CATERINA:

Sí, sí... I la comedianta?
No has anat a Portbou?

CLAUDI:

No siguis bèstia!
A Portbou!...

CATERINA:

Què vols prendre?

CLAUDI:

Res que cremi.
Porta'm el pot d'anxoves...

CATERINA:

I cap gota?

CLAUDI:

Aigua del càntir i prou... Doncs, la Rufina
ja ho ha escampat pertot arreu...

CATERINA:

Què passa?

CLAUDI:

Que la Rufina hi ha sucat tiberi,
amb tu i el banyulenc... Diuen que et cases.
Sí, dona, sí; no et facis la distreta...

CATERINA:

Suposa't, doncs, que és veritat..., que em caso.
El pare ho vol així...

CLAUDI:

I tu?...

CATERINA:

Jo, no compto:
faig el que em manen, i endavant.

Claudi:

Que ets viva!...

El banyulenc! Negocis de garnatxa,
i amunt i avall... Sí, sí, llogueu cadires
i a ral l'entrada; és grassa, la comèdia.
Mussiú Bernat s'endú la Caterina
cap a Banyuls, que és un país de banyes!

Caterina:

I a tu et sabrà molt greu!...

Claudi:

Jo el que voldria
és amorrar l'estampa d'aquell brètol.
Me'n recordo, del ball que vas ballar-hi
i dels ulls que hi posava...

Caterina:

Deixa-ho córrer...

Claudi:

Ja tens raó, i ja teniu pell, les dones!
Després dels plors, després de tot l'escàndol,
el mascle fuig, la guiula es queda sola,
ve un enze de Banyuls que compra i paga;
sorra al damunt i engega la tenora,
que no ha estat res: ja teniu pell, les dones!...

Caterina:

I tu què saps?...

CLAUDI:

Perdona'm, Caterina;
ben mirat tens raó, i en 'quest negoci
no hi balla el meu artó ni els meus palangres...
Aquí, no hi pinto res, i ets ben senyora
de tirar per la ruta que et convingui...

CATERINA:

Per l'única que puc...

CLAUDI:

Si me'n faig càrrec...
Però ets malaguanyada, Caterina...
Ara, que jo et diré: totes les dones,
si fa no fa...

CATERINA:

Si fa no fa?...

CLAUDI:

Suposa't
que és un mec estovat qui s'hi embolica.

CATERINA:

I tu, què? Quan t'embarques cap a Amèrica?

CLAUDI:

Quan els rogers s'afaitin el bigoti...

CATERINA:

Te n'has desdit?

CLAUDI:

Qui sap... Però no et pensis!,
sí que m'embarcaré, que això és tan negre,
i tan suat, i tan farcit de rates...
És bona, aquesta anxova...

CATERINA:

El que és la gana,
no l'has perdut del tot...

CLAUDI:

Fem per la vida...

Se sent cantar el GALLARET, *l'*ANTONET *i altres mariners.*

LA VEU DELS MARINERS:

Quan jo tenia quatre anys,
mon pare em duia a la barca
i em deia: «Quan siguis gran,
no et fiïs mai de la calma...»
Bufa, mestral,
bufa ben fort,
omple de vent la vela
i ens duràs a port
i allí veurem la reina.
Bufa, mestral,
bufa ben fort...

CLAUDI:

Qui són aquests?...

CATERINA:

Són l'Antonet i els altres.
Estan contents: sis coves de sardina,
cap a quatre quintars...

CLAUDI:

I es veu que torren...
Doncs sí, jo a aquell...

CATERINA:

Potser que no en parlessis...

CLAUDI:

Ui, ja veig que tens son...

CATERINA:

I tu tens ganes
que em posi furiosa...

CLAUDI:

Caterina!...

CATERINA:

Sí, home, sí...

CLAUDI:

Quant és aquesta anxova?...

CATERINA:

Tu mateix...

CLAUDI:

Et va bé?...

CATERINA:

Molt ben pagada...

CLAUDI:

I ara pels trencacolls, a casa meva,
amb els roncs de la mare, els gats que ploren
i embarca't amb la lluna i les estrelles...

CATERINA:

Pensar que hi ha una dona que et somnia
i que t'està esperant...

CLAUDI:

A mi? Una dona...

CATERINA:

T'esperen a Portbou!

CLAUDI:

No siguis bèstia...

Fa mutis. CATERINA *se'l queda mirant mentre se'n va, i tanca la porta. En arribar al taulell i deixar-hi el pot d'anxoves, es tapa la cara amb el davantal i es posa a plorar. En el moment que ha fet mutis* CLAUDI, *i acompanyant tota l'escena muda de* CATERINA, *se sent la cançó dels mariners.*

La veu dels mariners:

La mar semblava un mirall,
la lluna plena brillava,
la barca no em dava espai,
sempre aturada en la calma...

Al final d'aquests compassos cau el teló a poc a poquet.

TELÓ

ACTE TERCER

El mateix decorat dels actes anteriors. Llum de dia.

ESCENA PRIMERA

SALVADOR, ROSA, RUFINA *i* GRACIETA.

LA RUFINA:
Em feu parlar, i aquesta criatura *(per la* GRACIETA*)*
no està bé que les senti, certes coses.

GRACIETA:
Per mi? No, dona. El que és per mi, no estiguis;
si ho sé millor que tu...

LA RUFINA:
Ai!, veus com pugen?

GRACIETA:
Però, dona, si en parla tot el poble...
Potser et pensaves que no tinc orelles?
Si no parlem d'això a ca la Rectora,
de què vols que parlem?

SALVADORA:
Guaita, Rufina:
del que aquí està passant, tu en tens la culpa...

LA RUFINA:
Jo?

ROSA:
Ves quin mal et feia, ma germana!

LA RUFINA:
A mi, cap.

ROSA:
A tu cap? Doncs, aleshores...?

LA RUFINA:
Però si jo no he dit mitja paraula.

SALVADORA:
I no cantes res més d'ençà que et lleves!
Ai, Rufina, Rufina!...

LA RUFINA:
Ja ets ben fresca!...
Hi ha coses en el món que no s'amaguen,
respiren sempre...

ROSA:
Per les males ànimes!
Al capdavall, hi ha algú que pot provar-ho?

LA RUFINA:
Se sap el que va fer la Caterina
a Colliure, se sap...

SALVADORA:
I què t'importa?...

La Rufina:
A mi, res...

Salvadora:
Que potser és la teva filla
o algú de casa teu?

La Rufina:
Ai, no, ni ganes!...

Rosa:
M'agradaria veure't, tant que crides,
què hauries fet en el seu cas... I encara
vés a saber si has amagat el déntol
al nas d'algun burot...

La Rufina:
Veus quina mossa?

Rosa:
És que no penses que és germana meva,
la Caterina? I és tan batejada
com tu i com jo...

La Rufina:
Però no s'ensarrona
un sant home, comprens?, no se l'enganya.

Rosa:
Qui l'enganya?...

La Rufina:

El teu pare...

Rosa:

Mentidera!

Salvadora:

La Caterina ha arreplegat desgràcia,
però és com totes...

Gracieta:

Oh, bé, bé, com totes...,
no compareu...

Salvadora:

Vols dir que tu ets més fina?

Gracieta:

Vull dir que el que li passa és culpa d'ella,
i ella qui s'ho ha cercat. Me'n guardaria
jo i altres...

Salvadora:

Sí, correu-hi! Ai, criatura!

La Rufina:

La culpa és del teu pare...

Rosa:

Prou, Rufina!

LA RUFINA:

No, si no callaré. I tu, Salvadora,
tu la mare pedaç i la setciències,
tant se te'n dóna el banyulenc... Però ara
suposa't que és fill teu el que la tria;
amb un fill teu, també hi faries bresques?

SALVADORA:

I per què no?

LA RUFINA:

No et crec.

SALVADORA:

Doncs, jo et prometo
que si em digués el noi que vol casar-se
i em preguntés: «¿Quina és de tot el poble
la mossa que us fa més i us diu per casa?»,
no trigaria gota a contestar-li:
«La Caterina del cafè.» I encara
si ell em digués: «Per què la Caterina?»,
ja tindria ajustada la resposta
i diria al meu fill: «Perquè treballa
i té el cor i la gràcia per la feina,
perquè té punt i netedat i és viva
i perquè té més seny i més tendresa
que les que van fent ais i fent bocades.»
I encara més: encara hi ha una cosa
que fa que preferís la Caterina,
i és la seva desgràcia, i és la pena
que ella ha passat. Comprens?

LA RUFINA:

Ai, Salvadora!,
tothom en passa en aquest món, de penes...

SALVADORA:

Però ella també ha après a resignar-se;
ella no és pas com altres, sents, Gracieta?
Ella ha callat i ha somrigut per fora,
i s'ha ajupit a contracor, pel pare,
i pel cafè, i per tu, i ella no crida. *(A* ROSA*:)*
Que et creus que el banyulenc li fa cap gràcia?

LA RUFINA:

Pot esperar una millor sort?

SALVADORA:

Ai, noia!
Tu et penses que amb diner i anxova fresca
i els roncs del teu Rufí ja tot s'acaba.
Perquè una sigui pobra no és mesella,
i també viu d'il·lusions, que es pinten
en el coixí del llit de la misèria,
i en aquestes finestres sense vidres
sempre encarades al gemec de l'aigua.
La Caterina és dona de carn i ossos
i té el seu sentiment, però l'escanya.
I es sacrifica pels demés, i escolta
la veu del pare, que no pot comprendre
les coses que ella sent. I tu, Rufina,
que li has anat posant la mala fama,
ni li pots descordar les espardenyes...

LA RUFINA:

Ui, quins ciris trencats! Tu, Salvadora,
amb tant cor, ja em diràs què t'aprofita.
Per això a casa teu heu vingut pobres,
i el teu noi, un begut. Per massa fluixa!

SALVADORA:

I el teu Rufí és un pom de flors!...

LA RUFINA:

Espera't!
El meu Rufí, primer de tot, no em falta;
després, em creu...

SALVADORA:

Et creu? Quan no li manes
que agafi un rem o faci alguna cosa...

LA RUFINA:

És delicat, el meu Rufí...

ESCENA II

Les mateixes, Rufí *i* Luard.

Rufí:

Què crides?...
Sabeu que el banyulenc és a la fonda?

La Rufina:
Ja ha arribat?

Rufí:

Eh? L'heu vist, la xafardera?

La Rufina:
Porta l'anell?

Rufí:

Vés a saber què porta...

La Rufina:
No, no porta l'anell, n'estic segura;
poc s'ho pensa, el Libori...

Rufí:

Però, filla!,
d'aquest bull, què n'escures o què en menges?

No veus que aquesta també li és família? *(A la* Rosa:*)*
Oh, i tant! Com t'ha provat aquest viatge?

Rosa:
M'ha provat bé...

Rufí:
I el teu marit regana
amb la fitora i l'ham o és dels que ronquen
com jo mateix? Què et sembla? ¿Has fet negoci
i t'ha tocat la sort de la Rufina?

Rosa:
Té mal geni!...

Rufí:
Sí, sí. D'això parlàvem...
Tots els marits solen tenir mal geni!
Però en el primer mes, oi, tu, Rufina,
que tot eren escates de palangre
i peix del més salat?... Després els collen;
després veuràs que això del matrimoni
és com calar l'artó i llevar-ne caues,
que és un peix sense gust i fart d'espina.

Luard:
Per 'quest motiu no vaig voler embarcar-me.
Ui, ui, els casaments!...

La Rufina:

Fuig... Si cap dona
t'hauria dit que sí.

Luard:

Cap? Tu mateixa...

ESCENA III

Els mateixos i Caterina.

Caterina:
Bon dia a tot el personal.

Luard:
Bon dia.

La Rufina:
I què? Ja has arribat? Com t'ho prepares?

Gracieta:
Diuen que el teu promès és a la fonda.

Caterina:
El meu promès?

La Rufina:
No et facis la distreta,
que ja ho saps prou... I diu que val moneda...
L'anell, dona, l'anell, l'anell que et porta...
Serà molt aviat, ell no té espera...

Caterina:
Ui, trobo que n'estàs molt enterada!...

LA RUFINA:

Tu t'ho mereixes tot... Jo l'altre vespre
ho deia enraonant amb la Belarda:
«És que sí que ha fet sort la Caterina,
però cap noia s'ho mereix com ella.
És la més reposada, la més bona,
la més treballadora...»

CATERINA:

Què t'agafa?

SALVADORA:

Com que és un tros de sucre, la Rufina,
i a tu et du voluntat...

LA RUFINA:

Ell és un home
que pels seus anys conserva bona planta;
ja és per fer perdre el seny...

CATERINA:

Jo no l'hi trobo;
a mi no m'ha fet perdre un punt de mitja,
ni em farà perdre res; serà...

LA RUFINA:

No et planyis;
altres en el teu lloc...

CATERINA:

Guaita, Rufina:

al de matí ja m'he rentat la cara,
amb sabó i tot...

RUFÍ:

Amb sabó i tot? Què et sembla?
Diria que t'han dit alguna cosa.

LA RUFINA:

Jo no l'entenc...

CATERINA:

Doncs, vés a casa del mestre.
De raspall, ja en tenim un per la roba,
i no necessitem la teva llengua...

LA RUFINA:

I després conten que és que tinc manies,
quan dic tot el que dic d'aquesta noia;
li parlo amb la mà al cor, i ella em contesta...

CATERINA:

Et contesto el que vull.

RUFÍ:

Ja has vist com salen?

CATERINA (*a la* SALVADORA):

És de debò que és a la fonda el nuvi?

SALVADORA:

Així s'ha dit...

CATERINA:

Vindrà per veure el pare...

GRACIETA:

I per veure't a tu...

CATERINA:

Per mi que vingui...

ESCENA IV

Els mateixos i Rafel.

Rafel:
Rosa...

Rosa:
Què vols?

Rafel:
La mare et demanava...

Rosa:
Home, ja vinc!

Rafel:
La mare no es pot moure,
i la feina per fer...

La Rufina:
Ja veus els homes!
Als quinze dies de casat!

Rafel:
Què crides?

ROSA:

Sí, Rafel, té raó; ni una miqueta
per respirar?...

CATERINA:

Per fer-nos companyia?...

RAFEL:

Companyia al cafè? Si en sobra massa!

CATERINA:

Per qui ho dius?

RAFEL:

Per tothom...

ROSA:

Noi, mira, calma't.

CATERINA:

Cunyat, jo no comprenc què t'emboliques.

RAFEL:

Doncs, ja t'ho diré clar: la meva dona
s'ha casat amb un pobre que treballa,
i la mare és al llit, i ens bull la feina.
I tant cafè i tant repicar l'estona
no em fa profit, perquè la Rosa és meva
i ja no és de vosaltres, i és a l'home
a qui té de seguir. Tu, Caterina,
tens millor sort: tu et cases amb un príncep,

amb un que té diners i que en pot perdre.
Podràs gastar criades que t'ajudin
i podràs passejar i guarnir la mandra.
Aquesta no; som pescadors, entén-me,
i no som banyulencs...

CATERINA:

No te'n desfacis...

SALVADORA:

Sí, Rafel, exageres una mica.

RAFEL:

Què sabeu vós!

CATERINA:

Que m'has volgut ofendre?

RAFEL:

Cadascú que s'estigui a casa seva,
i la Rosa, aquí dins, tampoc no hi guanya,
no hi guanya res...

ROSA:

Bé, noi, no m'atabalis.
Que et creus que sóc un gos?

RAFEL:

Escolta, Rosa:
tu ets massa criatura per comprendre
això que dic; ets massa ben pensada,

i s'ha de tenir una ombra de malícia...
El cafè, ben entès, és casa teva,
era la teva casa. Suposem-ho.
Però tu, Rosa, no tens res a veure
amb el que hi ha al cafè i amb el que es conta
a tot arreu...

CATERINA:

Que va per mi?

RAFEL:

Bé ho sembla.
Cunyada, no hi tinc culpa si tu i ella
vau venir al món per la mateixa porta.
Però tindria culpa si, sent meva,
com ara ho és, jo consentís encara
que ella anés de bracet amb una dona
que fa parlar tothom...

CATERINA:

Però és possible?

RAFEL:

Jo sóc franc, jo no sóc com aquests altres
que davant teu et van amb suca-mulla
i t'estiren la pell al teu darrera...
No em facis parlar més... I tu, segueix-me.
O passa al meu davant. Fes-t'ho com vulguis...
(Passa la ROSA *endavant.)*
I si no, que t'ho conti la Rufina...

RUFINA:

Jo? No he dit res...

RAFEL:

Au, canta-l'hi a la cara!

Fa mutis.

ESCENA V

Els mateixos, menys Rosa *i* Rafel.

Caterina:

A tant has arribat? És tot el poble
que malparla de mi? I ets tu, Rufina?
Però quin mal t'he fet?...

La Rufina:

Et juro, noia,
que el que ha dit el Rafel eren calúmnies;
a mi no m'hi fiqueu... Rufí, defensa'm.

Caterina:

Què voleu entre tots? Que no m'hi casi?
Que el banyulenc se'n torni a casa seva?
Què voleu més? Que al poble m'avorreixin?
Voleu que passi per la mala dona
que tothom hi té dret? Voleu que fugi?
Que el pare es quedi sol i aquestes portes
es consumeixin de tristor i un dia
es mori aquest cafè i es mori el pare?
Això és el que voleu? ¿Què n'has de treure
i quin profit et té de fer, Rufina,
tot el meu mal? ¿S'apujarà l'anxova
si no puc respirar i em manca l'aire?

Si s'ensorra el Cafè de la Marina,
tu i el Rufí bellugareu més grassos?

LA RUFINA:
Però si jo sols dic allò que diuen!
Si això no és culpa meva... Tu, contesta-li.
Rufí, no veus que sóc la teva dona?

RUFÍ:
Au, passa...

CATERINA:
Sí, és millor que te l'enduguis...

LA RUFINA:
Jo no he dit res... No vull que m'hi emboliquin.

ESCENA VI

Els mateixos, menys Rufí *i* Rufina.

Caterina:
Sí, sí, mireu que és fresca ma germana!
Com hi ha Déu que la Rosa és agraïda!

Gracieta:
Veuràs, és que el seu home...

Caterina:
És que el seu home?
I jo no sóc ningú? ¿I jo en tinc la culpa
si el seu home és un ximple o un imbècil?

Gracieta:
Però tu no et fas càrrec, Caterina...

Caterina:
De tot, comprens? De tot sé fer-me càrrec!

Salvadora:
Bé, dona, deixa'l dir... Vindrà el teu pare
i ara enraonaran, i les mentides
que s'expliquen pel poble no interessen;
ell ha donat paraula i no recula,
i et casaràs amb ell. Si no ets feliça,

almenys respiraràs uns altres aires,
viuràs a casa teva, seràs lliure...
I en aquest món tot és el resignar-se,
i d'això tu ja en saps, i ja ets valenta.

CATERINA:
I el vostre fill?...

SALVADORA:
Més val que no me'n parlis.
Ja ha comprat el passatge per 'nar a Amèrica.
Ha estat una setmana a Barcelona
i va arribar-me anit...

CATERINA:
I quan s'embarca?

SALVADORA:
Dintre dotze dies!

CATERINA:
Ja és un home!

SALVADORA:
Sí, noia, jo també conec les penes,
i vaig tirant, i això que ja sóc vella...
Anem, Gracieta, anem... I no t'espantis.

CATERINA:
No hi ha por!

GRACIETA:

Conservar-s'hi, Caterina.

Mutis de SALVADORA *i* GRACIETA.

ESCENA VII

CATERINA *i* LUARD.

CATERINA:
I tu què dius, Luard?

LUARD:
Jo, poques coses...

CATERINA:
Vols prendre res?...

LUARD:
Avui s'ha acabat l'oli.

CATERINA:
Et convido a un vermut.

LUARD:
Si tu em convides...
Saps que penso una cosa, Caterina?
Que em dol que et casis amb aquella escorpra,
amb aquell banyulenc...

CATERINA:
Sí, què vols fer-hi?

Ja no sóc criatura, i saps?, les dones
ens havem de casar...

LUARD:

Malaguanyada
per ell i pel dentat de la Rufina
i els que parlen de tu i que no et coneixen.

CATERINA:

I tu em coneixes molt?

LUARD:

Més del que et penses.
Tu no ets com les xicotes que es fan ara:
tu ets d'un teixit i un cor de més moneda
i de més lluïment...

CATERINA:

Luard!

LUARD:

No riguis.
Jo els deixo dir perquè no saben lletra
i tots calen curtet, nassos de congre,
tous de moll i amb l'espina trencadissa.
Jo els deixo dir, però el Luard et guaita
i et coneix que no ets pas de les que corren.
Les teves penes són per 'nar en un llibre,
i aquests perduts no hi veuen res. Quins homes!

CATERINA:

Tant tu com jo, Luard, som poca cosa,
i tu somnies qui sap què!

LUARD:

Somnio?
No ho creguis, Caterina. Veus? Jo encara
em faig l'arròs tot sol, si arròs ens queda,
i poso el dit de greix a la cassola
si hi ha tall de bullir. Vull dir que, dones,
ni la cua, ni el fum: sol com un pagre.
Però si, quan calava i era jove,
hagués ensopegat una xicota
igual que tu, jo et dic que no amollava
i em veuries patró d'una tranyina
amb tres bots i un ormeig dels que no afluixen.
Amb una dona així com tu? Imagina't!...
Però no vaig trobar-ne ni les closques,
ni res que s'hi assemblés. Ara pots riure,
ara rai, que no pica la morena.
Què és el Luard? Grumit de tres setmanes,
uns xarracs i un pedaç i Déu que en doni,
torrat com un escanyapits dels negres...
Però ets malaguanyada, Caterina,
pel banyulenc i pel parlar dels altres...

CATERINA:

Què vols fer-hi, Luard, si no t'ho tries
i en el món ho has de prendre com t'ho donen?

LUARD:

Jo els escoltava, saps?, i t'escoltava
a tu i aquells grinyols de la Rufina,
que és gratada de veu. Fa com les gosses...
Us escoltava a tots; deixo que diguin.
I els joves d'ara, els pots ficar en un cove,
i com un morenell, de cap a l'aigua...
Ui, un home per tu no es trobaria
ni des de Cap de Creus fins a Biarra.
Avui això és ben escurat; tots ballen;
de tant en tant s'escapen a Figueres.
Però l'amor! Què saben ells? Se'n fumen!
I elles són pel seu braç: ui, quines unes!
Elles no fan com tu: van per la cólla
i mosseguen el pop, i encara criden!

CATERINA:

Ja pots dir-ho, Luard!... Però paciència.

Entra LIBORI.

ESCENA VIII

Els mateixos i LIBORI.

LIBORI:

Au, deixa'm sol, i tu cap a la Lloia.
Diu que s'han vist tonyines... Au, de pressa...

CATERINA:

Però què hi ha?...

LIBORI:

És aquí. Surt de la fonda...
I hem de parlar, jo i ell.

LUARD:

Vol dir el teu nuvi...

LIBORI:

Sortiu per 'quí mateix, no fos que el topis,
i torna aviadet...

LUARD:

Jo t'acompanyo...

CATERINA:

Però, pare, que passa cap desgràcia?

LIBORI:
No, dona, no, tot rutlla com un sucre.

CATERINA:
Anem, Luard...

LUARD:
Sí, sí, poc que et descalcen!
Són rantells i res més; ui, quines unes!

LUARD *i* CATERINA *fan mutis per la porta del costat del taulell que dóna a la platja; per la porta del carrer entrarà de seguida* MONSIEUR BERNAT.

ESCENA IX

MONSIEUR BERNAT *i* LIBORI.

LIBORI:
Amunt, mussiú Bernat, sóc tot orelles...

BERNAT:
Dolçament, dolçament, mussiú Libori.
Vus vull mostrar el bijú... Què vus ne sembla?

LIBORI:
Un anell de primera... Que la crido?

BERNAT:
Val molts de sous aquest bijú; són pedres
veritables... La pobra Miqueleta,
la pobra Genevieva i l'Angelona,
mes germanes, sabeu?, varen comprar-lo
a Perpinyà, pas que és bijú de pobres...
(Canviant de to i una mica patètic.)
Mussiú Libori, jo vus lu purtava
plen de bunur, amb lu cor gras de joia,
i pensava en la meva Caterina,
i ara balleu que el jeti dins les vagues
perquè se'l mengin els requins. Oh, vida!
Oh, malerús de mi! La vostra garsa
pas que serà la duna d'aquest home
que vus ha estat loial...

LIBORI:

Però què us passa?
Què vol dir això, mussiú Bernat?

BERNAT:

Em pensi
que hu sum dit clarament, i encara em pensi
que vós haveu estat, monsieur Libori,
un saligó i pas un hunest home,
i molt cuquí en lus vostres bavardatges!

LIBORI:

Mussiú Bernat, no m'insulteu, no hi passo!

BERNAT:

Lus banyulencs sum ben rasats de llengua;
pas cap pèl an aquí, monsieur Libori,
i enraonem ben clar...

LIBORI:

Però expliqueu-vos.

BERNAT:

No sum un bell garçon, no sum pas jove
i no demandi pas grans gentileses,
sum cumprensiu, sé prou que les minyones
s'han d'amusar i, si s'han amusades,
les perdoni el bon Déu; la Caterina
té els seus amurs i té la seva histori
i jo passi per tut. Mes jo no passi
per ser l'amusament de tut lu poble

i lu meu nom serveixi per fer blagues.
A l'hustal fins m'ha dit la femme de chambre:
«Vós sou lu banyulenc que us ensarronen,
us carreguen tunyina en vostre muscle
dient que és fresca i l'han salat lus altres.»
I blagues com això, compteu que en sento,
i coses contra vós, monsieur Libori,
i lus vostres enganys; que si a Colliure
li heu fet perdre la seua criatura,
que era d'un mal gallard que l'ha jaquida.
Que heu pres lu bunyulenc per un puare,
i pas vull ser cucut abans de festa.
Monsieur Libori, ju sum hunest home...
Ju m'estimava mult la Caterina,
però servir d'amusament m'embeta;
lus banyulencs tenim hunur...

LIBORI:

I els altres
tenim molt més *hunur!* Doncs, què us pensàveu?
Mussiú Bernat, us creia un punt més home.
Vós feu cabal del sac de les calúmnies?
Del que es diu del Cafè de la Marina
i de la mala sang de tot el poble?
La meva filla és una santa!

BERNAT:

Pensi
que inútilment vus escalfeu. Les coses
les sum pesat i les sum vist i us juri
que no camini per passera feble,

sinó que posi el pieu en terra bona.
Sou un saló!

LIBORI:

I vós sou una *merlussa!*
Que no l'haveu sentir, l'escanyafrares?
Torneu's-en a Banyuls i que us escatin.
O si no, a cops de rem!

BERNAT:

Cap violència,
monsieur Libori. Fóra gros domatge
que us escalféssiu per això; un afere
que no ens ha sortit bé; la marxandisa
no era pas del meu gust. Un altru dia
balleu, que ens entendrem amb la garnatxa.
Monsieur lu cafetier, pas de grimaces,
la vustra mà...

LIBORI *(donant-li la mà)*:

La meva mà! Quin home!

BERNAT:

Lus banyulencs no ens fem la sang dolenta.
Au revoir, cafetier!

LIBORI:

Déu vos empari!

Mutis del banyulenc.

ESCENA X

LIBORI, *de seguida* CATERINA.

LIBORI:
Però això no té nom! Tu! Caterina!...

CATERINA *(entrant)*:
Se n'ha anat?

LIBORI:
Que no ho veus?... La clavellada
ens ha romput l'artó i ha fuit tan fresca!

CATERINA:
I no ha portat l'anell?...

LIBORI:
Prou que el portava:
l'ha tret del gec, ha dit guaita i ensuma'l,
i ha tornat a ficar-lo a la butxaca...
Caterina, aquest món és un calvari!
El banyulenc no es casa amb tu!

CATERINA:
No es casa?

LIBORI:
I ho dius amb aquest aire d'alegria.

CATERINA:
Si sabéssiu quin pes m'heu tret de sobre!
El banyulenc no es casa amb mi!

LIBORI:
Que ets boja!
Perquè, escolta... Ja ho saps, per què no es casa?

CATERINA:
M'ho penso...

LIBORI:
I aleshores?

CATERINA:
Aleshores...,
teniu raó; però, Déu meu! paciència!

LIBORI:
Oh, paciència! Està dit!... I jo no hi compto?
Saps on arriben les xafarderies?
Comprens el que faran aquestes bèsties?
Comprens què inventaran per ensorrar-me?
Sembla que els senti a tots: «Guaita el Libori!
Guaita quin vol de peix per sucar molla!
Volia engalipar amb esquer de trampa
i el banyulenc s'ha endut l'ham i la fluixa!»
Això mateix diran i tantes coses...

CATERINA:

Però si és contra mi...

LIBORI:

I que no et sóc pare?
I aquest cafè, potser és un ses de vella?
No val res, el cafè i tot aquest vidre?

CATERINA:

Pel que ha passat no han de patir les copes.

LIBORI:

Ai, mira, Caterina, que ets beneita!
Obre bé els ulls! Després de la desgràcia
es va dir, però vam tapar les boques.
Però amb el banyulenc ha estat l'enveja,
i no ha callat ningú: ha sortit Colliure,
ha sortit el que saben i no saben,
i tothom hi ha sucat. I la Rufina
més que tothom. I has vist aquest sant home
com li han inflat el cap! I ara suposa't
quan vegin que tu et quedes amb l'espelma
i ell fuig cap a Banyuls, negre de tinta
com un calamarot, fent que l'enganyen
i que al cafè volien estafar-lo.
Els sentiràs, veuràs si bull la barca,
veuràs quin repicar-ne els de l'encesa,
i quin gust d'all pertot arreu!...

CATERINA:

Que diguin!...

LIBORI:

I el cafeter, se'ls pot mirar amb decència,
quan amaguin el nas sota les cartes
i se'n fumin de mi? Tinc pell bregada,
però també tinc geni i no ho aguanto.
Perquè potser hi hauria una desgràcia
i sang dins del cafè, i les carrabines
i la Guàrdia Civil. Ui, el Libori!

CATERINA:

Trobo que us ho preneu a la valenta!

LIBORI:

Hem de plegar i fugir, vendre'ns el vidre,
demanar caritat...

CATERINA:

Bé, correu massa!
No n'hi ha per tant; sóc jo que tinc d'anar-me'n.
Escriurem a la tia; em darà feina.
Aquí al cafè, ja us hi vindrà la Rosa
i el seu marit...

LIBORI:

No diguis més bestieses,
que no saps res de res...

CATERINA:

Si sou vós, pare,
que esteu atabalat; jo me n'alegro,
d'això del banyulenc; jo estic contenta.

Tindré motius per 'nar-me'n d'aquest poble,
per no veure el Rufí ni la Rufina,
ni veure les mirades que m'insulten,
i seré lliure, compreneu?, ben lliure,
i viuré del treball, i no d'un home
que era un sac de llardons i em feia fàstic.

LIBORI:
I jo què, sense tu?...

CATERINA:
Teniu la Rosa...
I teniu el cafè, teniu les copes
i les ampolles, i us sentiu ben amo,
i salveu el Cafè de la Marina...

LIBORI:
I tu tens un mal cor! No em saps comprendre?

CATERINA:
Jo, pare?... Jo?...

LIBORI:
Sí, Caterina, vés-te'n,
vés-te'n a dalt, no em diguis res... Tinc ganes
d'estar tot sol; m'hi passen moltes coses,
per dins del cap...

CATERINA:
Sí, sí, vaig a la cuina!
Que a mi, sabeu?, pel cap també m'hi passa

com tot un gran rampell de bogeria:
una barca amb tres pals, neta de veles,
sense ningú en el pont, que fuig ben lliure
qui sap a on... Sabeu? Jo en tinc la culpa,
d'això que m'ha passat i del que penja;
vós m'ho heu dit i tothom ho repetia,
però si en tinc la culpa, l'he pagada.
I tant si l'he pagada, vos ho juro!

Fa mutis per la porta interior.

ESCENA XI

Libori, *sol.*

Libori *(sol)*:
Ja et dic que és un franquet, la meva mossa!
I potser aguanta més que jo; és ben tendra,
però té una mirada decidida.
I, prou rumiar; el banyulenc que passi,
bon vent de popa que l'antena aguanta.
I el cafè és el cafè..., mal que rebenti.

Entra Claudi, *que l'ha escoltat, i ell no l'ha vist.*

ESCENA XII

LIBORI *i* CLAUDI.

CLAUDI:
Amb qui estàveu parlant?

LIBORI:
Amb mossèn Rofes,
que és aquell que s'empassa les garrofes.
Ja has arribat? Encara no ets a Amèrica?

CLAUDI:
Ui, ui, ui!, no em gasteu aquesta boca
i porteu-me un Pernod: begudes cares;
potser així afluixareu..., i la moneda
va aquí per endavant...

LIBORI:
Ets tot un home.

CLAUDI:
Doncs, sí, senyor, me'n vaig a Costa Rica...

LIBORI:
I amb què es menja?...

CLAUDI:

Amb els dits...

LIBORI:

I és bona
terra?

CLAUDI:

'Neu a saber. És molt lluny, i això ja em basta...

LIBORI:

I què hi faràs?

CLAUDI:

M'hi torraré l'esquena
com un lluert! Teniu unes preguntes!...

LIBORI:

No hi portes res pensat?

CLAUDI:

Home, portar-hi
és clar que sí; veureu, la meva idea
és posar-hi un cafè. Sí, hi ha molts negres
i molts perduts i gent que beu i gasta...

LIBORI:

Un cafè? Què m'has dit! No saps, sant home,
que això és feina de mecs?

CLAUDI:

Tireu! Va a pobles.
Aquí potser que sí...

LIBORI:

Però, que et penses?
Tu, cafeter? T'empassaràs la canya
i els parroquians no en tastaran ni gota.
No és pas feina per tu...

CLAUDI:

I a això venia...,
a que vós m'ensenyéssiu com se pasta.
Doneu-me el tovalló...

LIBORI:

Què vols?

CLAUDI:

Doneu-me'l...
Què vos sembla?

LIBORI:

Que fas molt mala fila.

CLAUDI:

I ara, senyor Libori! Una copeta?
De què serà, de rom, d'anís...?

LIBORI:

Quin ximple!

CLAUDI:
Seieu, home, seieu, i contesteu-me,
que pago jo...

LIBORI:
Doncs, mira, si la pagues...
El rom és allà dalt, no t'equivoquis...
Ui, ui, que el vesses tot!... No, no serveixes...

CLAUDI:
Home, és la prova... Tinc les mans com balbes
i és que em tremola el pols...

LIBORI:
Noi, em vols creure?
Tria't un altre ofici a les Amèriques;
això, deixa-ho per mi...

CLAUDI:
I us dóna gaire?

LIBORI:
Va com va... En aquest temps de la misèria
dóna per una llesca i una anxova...
Quan la guerra..., imagina't, aleshores
anava bé, però ara si els pescaires...,
tu ho saps com jo..., cafè sols a les festes
i pagar mai. Si hi ha un vol de tonyines,
si s'han pescat sorells, o per veremes
s'ha fet un sou de més, uns se'n recorden
i el cafeter fa gras...

Claudi:

Jo ho preguntava,
perquè, pel temps que torni de l'Amèrica,
com que aleshores ja sabré l'ofici,
i un vol dur els ossos a colgar en el poble,
si he fet quatre diners, jo puc comprar-lo,
aquest cafè...

Libori:

Quan tornis de l'Amèrica,
ja m'hauré consumit al cementiri;
això si tornes i allà dalt no et pelen,
que, amb el que ets de pipaire i de tronera,
hauràs de fer cent ulls perquè no et ratllin.

Claudi:

I què amb el banyulenc?

Libori:

Tu també xiules?...
Deixa-me-la dormir, la meva mossa...
I si te'n vas...

Claudi:

Aquest cafè m'agrada...
Mai l'havia mirat...

Libori:

Sembles un enze.
Què et passa amb el cafè?

Claudi:

Sí, sí, quan torni,
farem tractes... A veure..., una miqueta...
El tovalló...

Libori:

Aquí el tens.

Claudi *(asseient-se darrera el taulell)*:

De la cadira
es veuen les antenes de les barques,
i a l'esquena fan goig tantes ampolles...

Libori:

Tornes a estar torrat?

Claudi:

La Caterina!...

Libori:

Què dius?...

Claudi:

No deia res; feia els meus comptes,
jugava així amb el pensament... Libori,
vós us feu vell..., esteu cosit de feina
i les mans no hi arriben...

Libori:

Ja hi apuntes...
Ja és això, ja és això...

CLAUDI:
I la vostra noia?

LIBORI:
És allà dins...

CLAUDI:
Escolteu bé, Libori...
No creieu que aquest món no té cap gràcia
si en el moment que et ve una bogeria
al pensament t'espantes i recules
i no la fas?

LIBORI:
Minyó, no et sé comprendre.

Surt CATERINA*; es miren tots dos. Pausa.*

CLAUDI:
Mireu, ja em comprendrà la vostra noia,
deixeu-m'hi sol... Tinc d'acomiadar-me
i no vull nassos al voltant...

LIBORI:
Quin déntol!
És a dir, que tu em manes?...
CLAUDI:
Us ho prego...

LIBORI:
Si ho dius així..., però no la maregis...

I si vols res, jo sóc dins de la cuina.

Mutis per la porta interior.

ESCENA XIII

Claudi *i* Caterina.

Caterina:
M'ho ha dit la teva mare, que t'embarques...

Claudi *(traient-se un paper de la butxaca)*:
El passatge és aquí... Veus? És l'Amèrica;
un bitllet d'emigrant no val gran cosa,
però vol dir unes llunes desinflades
sobre el mar gran, la manta a la coberta,
i uns dits en unes cordes de guitarra,
i les cançons dels italians, que riuen
bruts i estibats dintre el celler de proa.
I després vol dir molt: potser fortuna,
pala de fogoner o la trista màrfega,
o l'hospital, o quatre dents de negre
blanques de llum, que xisclen mentre peta
un sol de foc damunt de la camisa,
i un camp de cafè verd, i una taverna
amb la púrria del món, i el got de canya,
i al capdavall, potser vol dir una dona...
o moltes dones, o qui sap... Fa gràcia
que un bitllet d'emigrant, tant curt de lletra,
pugui dir això... No ho trobes, Caterina?

(Encén un cigarret i amb el llumí comença a cremar el bitllet del passatge.)
I veus?...

CATERINA:
Què fas?

CLAUDI:
Aquella bogeria,
allò que el cafeter no sap comprendre!

CATERINA:
Claudi!...

CLAUDI:
Veus, Caterina?, tot s'allunya:
l'Amèrica, les llunes, la guitarra,
i les cançons dels italians, tot crema...
Veus?, ja ha passat... Veus si era poca cosa
el bitllet d'emigrant?... Mira la cendra.

CATERINA:
Què vol dir tot això?...

CLAUDI:
I tu, Caterina,
tampoc no ho saps comprendre?... Les Amèriques...
Lluny tot això, molt lluny, no en queda rastre,
i aquí fa un sol, i es veuen les antenes,
la fusta de les proes amorrades,
i els vidres del cafè, i la teva galta,

i els teus ulls de patir; no ho saps comprendre?
Què et penses que sóc jo? Que sóc un brètol!
Perquè em vaig barallar amb la meva mare,
perquè t'he dit el que t'he dit? Escolta'm...
Però no puc, no, no, que em fa vergonya...
Digue'm que sí d'un cop...

Caterina:

I no m'enganyes?
És de debò... Però, què et passa, Claudi?...

Claudi:
I encara m'ho preguntes?

Caterina:

No, no, espera't.
Mira, Claudi, jo abans he de parlar-te;
jo sóc misèria per tothom, les llengües
em pinten de verdet; fins el meu pare
es vol vendre el cafè. Jo ja no compto.
Vull dir que, si el teu cor se m'acostava,
i ara és a prop del meu, més que alegria
i més que tot, és aquest foc que sento,
i és aquest respirar. Però respon-me:
això que fas amb mi, aquestes paraules,
t'han sortit de la sang? No és bogeria?
No és com jugar-t'ho a cara i creu? Escolta'm:
no és una caritat?... Jo estic perduda,
però tinc molt orgull i sóc molt dona...
Comprens el que et vull dir? És que m'estimes?
No és una caritat?...

CLAUDI:

Si tu t'haguessis
casat amb el qui fos, amb aquell brètol,
o el marxant de Banyuls, saps, Caterina?,
jo et juro que no anava a les Amèriques.
En pots estar segura que et seguia
i t'olorava el cau, i les finestres,
i al que et tingués al llit, fos el més home
o el més valent, et juro, Caterina,
que amb aquest tall jo li guindava el ventre,
i te m'enduia amb mi ben arrapada,
ben arrapada contra el pit...

S'abracen i li besa la boca; els sorprèn la RUFINA.

ESCENA XIV

CLAUDI, CATERINA *i* RUFINA.

LA RUFINA:
Ai, Verge!
Ai, Verge del Remei! Després gemega...

CLAUDI:
Què espies, tu, Rufina? Guaita, acosta't...

LA RUFINA:
Jo no he dit res...

CLAUDI:
Acosta't... Com tremola!
(L'agafa pel braç.)
Escolta bé: la veus?...

LA RUFINA:
No sóc pas cega.

CLAUDI:
Doncs, des d'avui serà la meva dona.

LA RUFINA:
La teva dona?...

CLAUDI:

Sí, senyor. I escolta'm:
si mai tornes a dir ni un gruix d'espina,
si tornes a portar a les dents corcades
el nom d'aquesta dona... i xafardeges,
o calumnies, em sents bé, Rufina?,
jo et sucaré en el mar, com una gossa
de les que duen ràbia al cos. Au! Vés-te'n!

Li dóna una empenta i va a parar a la porta, i la RUFINA, *amb les espatlles arronsades, desapareix d'escena, fent el senyal de la creu, esveradíssima.*

ESCENA XV

CLAUDI, CATERINA *i* LIBORI.

LIBORI:
Ja l'has comprès, aquest beneit?

CATERINA:
Sí, pare.

CLAUDI:
Allò que us deia del cafè du pressa.

LIBORI:
Com s'entén?

CLAUDI:
Que ella i jo serem els amos.
Que ens casarem.

LIBORI:
Tu et cases amb la noia?

CLAUDI:
Jo. No em voleu? No us vinc de gust per gendre?

LIBORI:
Home, és que, francament... No, ja m'agrades.
Pel que hi ha al poble Déu n'hi do...

Claudi *(donant-li la mà)*:

Doncs, vinga...

Libori:

Ui, ui, que estrenys fort! Però què et passa?
No te'ns has tornat boig?... I a tu què et sembla?...

Caterina:

A mi em sembla molt bé...

Libori:

Doncs, noia, entesos!
Però el viatge...

Claudi:

És fum; sols hi ha el viatge
del cafè a l'estació a carregar ampolles
i aprendre a no vessar-les quan s'aboquen.

Entra Salvadora.

ESCENA XVI

Els mateixos i Salvadora.

Salvadora:
Acaba d'explicar-m'ho la Rufina;
fill meu, fill meu...

Claudi:
Doncs, què us pensàveu, mare!
Som així; no us fa peça aquesta nora?...

Salvadora:
Caterina!...

Libori *(amb veu ennuegada, a punt de plorar)*:
Bé, bé, no tantes llàgrimes...

Claudi *(a la porta)*:
Ei, pescadors! Moreno, Tià, Baldiri,
Luard i Gallaret, hi ha un que convida!

Van entrant el Moreno, *el* Tià, *el* Gallaret, *l'*Antonet, *el* Luard *i el* Baldiri.

ESCENA XVII

BALDIRI:
Què passa?

MORENO:
Quina li ha picat, al Claudi?

ANTONET:
Que hem de mullar l'anada a les Amèriques?

CLAUDI:
Les Amèriques? Res, ja no se'n parla...
Avui pago a tothom, i de passada,
us vaig a presentar la meva dona!

MORENO:
La Caterina!

ANTONET:
Nois, la Caterina!

BALDIRI:
I el banyulenc?

GALLARET:
Això és tota una burla.

Baldiri:
Ja estàs torrat?... I tu què fas, Libori?

Claudi:
Res de burla: és ben cert, i ara escolteu-me...

Moreno:
Però va de debò?...

Claudi:
Moreno, calla,
i escolteu bé: del Claudi, no se'n riuen
ni els capmarins ni res. Però d'aquesta,
d'aquesta no se'n riuen ni la toquen
amb l'alè, ni amb els ulls, ni les paraules.
Per 'xò d'aquí endavant, si algú enraona
del banyulenc o parla de Colliure
o del coll del diable, que es confessi...
M'heu entès bé, companys?... I ara, la tria;
demaneu, que jo pago i jo serveixo.
El tovalló, l'ampolla; què es vol prendre?
Conyac, anís, vermut... No t'entretinguis.

Baldiri:
Sí, mira...

Moreno:
Tu mateix...

Luard:
Què hi dius, Libori?

Libori:

Que el cafè és el cafè i que si s'estimen...

TELÓ

PROPOSTES DE TREBALL I MATERIALS COMPLEMENTARIS

Propostes de treball

A. Intertextualitat

1. Hi ha una evident unitat entre la poesia i el teatre en vers de Sagarra. Es veu de seguida en la coincidència d'uns mateixos escenaris. Així, *Cançons de rem i de vela*, un poemari de 1923, i *El Cafè de la Marina*, un poema dramàtic de 1933, comparteixen paisatge: el Port de la Selva. Enllà de l'aigua ran de ventre, la tramuntana que manxa, la barca amorrada a la sorra, els coves salats de peix, l'ormeig, les escates com pols de lluna, el poble blanc i el vermut al taulell, la vinya defineix també l'entorn de l'Alt Empordà. Rafel es queixa, per exemple, que gairebé ni ha festejat, perquè, «entre calar i llevar i *anar a la vinya*», ell, i Rosa al bar, no hi ha temps per a amoretes.

1.1 Escolta, primer, el poema de Sagarra «Vinyes verdes vora el mar» (*Cançons de rem i de vela*, VI) en la versió musicada de Lluís Llach (*Campanades a morts*, 1977 / *Poetes*, 2004). Reproduïm el poema, a fi de simplificar la feina proposada a 1.2 i 1.3.

Vinyes verdes vora el mar,
ara que el vent no remuga,
us feu més verdes i encar

teniu la fulla poruga,
vinyes verdes vora el mar.

Vinyes verdes del coster,
sou més fines que la userda.
Verd vora el blau mariner,
vinyes amb la fruita verda,
vinyes verdes del coster.

Vinyes verdes, dolç repòs
vora la vela que passa;
cap al mar vincleu el cos
sense decantar-vos massa,
vinyes verdes, dolç repòs.

Vinyes verdes, soledat
del verd en l'hora calenta.
Raïm i cep retallat
damunt la terra lluenta;
vinyes verdes, soledat.

Vinyes que dieu adéu
al llagut i a la gavina
i al fi serrellet de neu
que ara neix i que ara fina...
Vinyes que dieu adéu.

Vinyes verdes del meu cor...
Dins del cap s'adorm la tarda,
raïm negre, pàmpol d'or,
aigua, penyal i basarda.
Vinyes verdes del meu cor.

Vinyes verdes vora el mar,
verdes a punta de dia,

verd suau de cap al tard...
Feu-nos sempre companyia,
vinyes verdes vora el mar!

1.2 Sagarra, com és característic de la lírica popular que aquí imita, se serveix de figures de repetició a l'hora d'organitzar el text. Localitza'n exemples de tres: paral·lelisme, anàfora i al·literació.

1.3 Jordi Llavina estableix la personificació com el recurs més important en la poesia de Sagarra, trop que «el poeta aplica sobretot damunt les referències a la natura» [Jordi Llavina, «Introducció a la poesia de Josep Maria de Sagarra», dins Josep M. de Sagarra, *Obra completa*, vol. 1, *Poesia 1*, València, Edicions 3 i 4, 1996, p. XXV]. Prova o nega aquesta afirmació a partir dels exemples que puguis trobar a «Vinyes verdes vora el mar».

2. També alguns personatges de Sagarra passen d'un gènere a l'altre: Luard, el més vell dels pescadors del nostre «poble de la costa empordanesa, vora el Cap de Creus», ja s'havia mort, una dècada abans, al final de «La balada de Luard el mariner», penúltima de les cançons marineres tot just citades. A Rafel, l'enterrarà un càncer: l'«Elegia a Rafel», d'*Àncores i estrelles*, se'n doldrà un trienni després d'*El Cafè de la Marina,* el 1936.

2.1 Substitueix, en les dues estrofes transcrites de la «Balada», els deu mots en negreta (adjectius, substantius, verbs) per un sinònim. Aclareix, després, el sentit de les dues expressions subratllades. Per acabar, atura't en la parella de símils en cursiva: es tracta de comparacions *lexicalitzades*. Sagarra no se les inventa, no les ha creat lliurement: són fórmules establertes, part del repertori popular de la llengua, d'on l'escriptor les extreu. Anota'n almenys cinc més que coneguis. Te'n facilitem un exemple, a tall d'inspiració: «Un cas com un cabàs».

Luard és una pell **socarrimada**,
i és una llengua que no tasta gras;
clatell pelut, i la gorra **enfonsada**
fins al nas;
samarreta de plom, cul de cabàs.
Quatre dents que s'escapen, **vironeres**,
d'un trosset de bigoti **atapeït**,
ulls amb un pam d'ulleres
i unes ungles *més negres que la nit*.
Luard, cos rebaixat, **fortor** d'esquer,
peus seguidors de totes les tresqueres,
cridaire, mentider i home de bé.
Luard el mariner!

Més sec que el boll, *més pobre que una rata*,
entre els xiulets i les cançons **s'esmuny**;
si peta la batussa i la bravata,
no correrà molt lluny;
li fan por el ganivet i el cop de puny;
més **avesat** a somiar i riure,
no està per **fressa** el mariner Luard,
i, si li deixen una bóta lliure,
per ell no es fa mai tard.
Si el cor de les misèries se li **estripa**,
amb un traguet ja ha posat oli al llum;
grata amb les ungles un rebrec de pipa
que és sutja i queixalades i ferum,
i va xuclant el fum!

2.2 Ara, identifica en els fragments els trets (sobretot de personalitat) que el Luard d'*El Cafè de la Marina* conserva de l'original. Tingues en compte, a banda dels fets i les paraules del pescador durant el poema dramàtic, la mínima caracterització que Sagarra en fa a «Personatges», abans de començar la peça. Aparella en dues columnes paral·leles els trets del mariner d'*El Cafè de la Marina* i els versos de la «Balada» que s'hi corresponen.

3. Luard, ja s'ha dit, és un avi. Compta seixanta anys: tots de misèria, de grop i de barcades. «A la taverna del mar hi seu un vell», comença una composició del poeta grec Konstandinos Kavafis, musicada per Lluís Llach (*Campanades a morts*, 1977/*Nu*, 1997).

3.1. Escolta-la i assenyala'n els tòpics literaris clàssics:

A la taverna del mar hi seu un vell
amb el cap blanquinós, deixat anar,
té el diari al davant perquè ningú no li fa companyia.

Sap el menyspreu que els ulls tenen pel seu cos,
sap que el temps ha passat sense cap goig,
que ja no pot donar l'antiga frescor d'aquella bellesa que tenia.

És vell, prou que ho sap; és vell, prou que ho nota.
És vell, prou que ho sent cada instant que plora.
És vell, i té temps, massa temps, per veure-ho.
Era, era quan era ahir encara.

I se'n recorda del seny, el mentider,
com el seny li va fer aquest infern
quan a cada desig li deia «Demà tindràs temps encara».

I fa memòria del plaer que va frenar,
cada albada de goig que es va negar,
cada estona perduda que ara li fa escarni del cos llaurat
pels anys.]

A la taverna del mar hi seu un vell,
que, de tant recordar, tant somiar,
s'ha quedat adormit damunt la taula.

3.2 Compara el tercer vers d'«A la taverna del mar» amb el que opina Luard en el seu primer diàleg, a l'escena XI de l'acte primer. Les seves rèpliques recullen un prejudici prou estès entre la gent del carrer: quin?

3.3 Apriorismes semblants s'escampen arreu. Es diu que tots els polítics s'aprofiten del poder; que, a les dones, no hi ha qui les entengui; que tots els homes busquen el mateix; que els bancs roben; que els funcionaris són una tropa de ganduls; que els aragonesos són tossuts; graciosos, els andalusos; cap quadrats, els alemanys; xerraires que venen fum, els argentins; calent i amic de la festa, qui viu al Carib o al tròpic; bons amants, els francesos (de fet, a l'obra, el seductor que fa un fill i abandona Caterina és francès).

a) Debat, a classe, sobre la justícia o l'absurditat dels tòpics arrelats a la mentalitat popular: són ximpleries generalitzadores útils perquè neixi algun acudit dolent i prou o, en certs casos, els empara alguna raó?

b) A Catalunya, com a Escòcia, tenim fama de pesseters: per a nosaltres, «la pela és la pela» i «Barcelona és bona, si la bossa sona». Prepara una enquesta que reflecteixi les tendències dels catalans a l'hora de gastar o estalviar diners, per un costat, i la percepció que tenen ells mateixos sobre la seva gestió dels fons. Contempla les variables d'edat i sexe, i extreu conclusions de tot plegat. Si l'economia nacional et motiva poc, prova-ho amb els estereotips de gènere, com els dos prejudicis sobre homes i dones que citàvem en l'enunciat general de l'activitat 3.1.

3.4 Un càncer bronquial va avançar la mort de Sagarra, el 1961, als seixanta-set anys, mentre encara, en testimoni de Josep Maria Espinàs, seguia «treballant, projectant i esperant» [Josep M. Espinàs. *Relacions particulars*. Barcelona: Edicions La Campana, 2007, p. 149-150]. Vet aquí una estrofa de l'«Elegia a Rafel». S'hi al·ludeix a la malaltia del pescador mitjançant dues imatges. La segona, una comparació, s'entén fàcilment: el «gos foll» que mossega representa prou gràficament l'agressivitat, el caràcter invasiu del càncer. Busca al text la primera imatge de la malaltia i indica de quina figura retòrica es tracta. Justifica'n el sentit: explicita la relació lògica entre el terme real (el càncer) i el terme imaginari amb què se l'associa.

Pobre Rafel! La teva orella
no escoltava tonyines ni dofins.
La terrible madrèpora vermella
del càncer treballava ventre endins.
El càncer dintre teu com un gos foll
t'aquissava i et duia al cementiri,
allà, camí de Cadaqués.
Entre la vinya clara
i el gris de l'olivera i l'atzavara,
et duia a reposar per sempre més.

B. Fons i forma: continguts, llengua i estil

1. «Té un bell cos la Caterina»: amb la libido sexagenària de *mussiú* Bernat revitalitzada, miracle atribuïble a les corbes d'una cambrera que tot just passa pels vint-i-sis, anem a parar a la regió dels amors desiguals (galant *madur*, pubilla *tendra*). Com passa al film *La flaquesa del bolxevic*: mira'l. Després de la projecció, organitza amb els companys un cinema-fòrum que giri entorn d'un dubte: la passió sense salts generacionals o l'amor és amor a qualsevol lloc i a qualsevol edat? Completa la teva aproximació al tema amb la lectura d'*El amor en los tiempos del cólera*, de Gabriel García Márquez, o, si vas curt d'hores, d'*El sí de las niñas*, la comèdia de més èxit i potser la de més qualitat del comediògraf neoclàssic Leandro Fernández de Moratín, el «Molière espanyol», segons els seus contemporanis del XVIII. Notem de passada, només per apuntar més relacions, que precisament Molière i el període comprès entre els segles XVI i XVIII constitueixen, segons reiteren els estudis, dos referents teatrals per a Sagarra.

2. A propòsit de Molière i Sagarra: *El senyor Parramon* (1960), de l'autor català, esdevé una «adaptació lliure» de *L'avar*, del francès. S'hi ridiculitzen Parramon (la còpia) i Harpagon (l'original), dos iaios garrepes que, a sobre, també sospiren per una jove, ara la xicota dels seus respectius fills. Més que figures individualitzades són caràcters prèviament modelats, fixats, per la literatura. Hi convergeixen, doncs, dos arquetipus: l'avar i el vell enamorat. A *mussiú* Bernat només li apliquem la segona etiqueta: també se'ns presenta una cita amb l'amor a quasi la tercera edat.

2.1 Relaciona el concepte de *tipus* amb les categories que la teoria de gèneres literaris acostuma a aplicar a la narrativa: considerem Bernat personatge *estàtic* o *dinàmic*, *pla* o *rodó*? I la resta del càsting de l'obra?

2.2 Argumenta si aquestes línies de Sagarra, extretes de la seva conferència «Teatre, poesia i realitat», pronunciada al Teatre Romea amb motiu de l'estrena del poema dramàtic *Fidelitat*, el 14 de novembre de 1924, i publicada sis dies després al segon número de la revista *La mà trencada*, lliguen amb l'aspecte que tractem o si, per contra, no hi tenen res a veure.

> En la dotzena d'obres teatrals que porto estrenades, tant les que tenen un aire dramàtic, com les que s'acosten a la farsa, no he cercat complicacions psicològiques, ni m'he aturat a fer una anàlisi i una dissecció dels temperaments dels meus personatges; penso haver dut a l'escena figures primàries sense complicació, figures que es troben en el folklore de totes les literatures des de que el món és món; si no he lograt dóna'ls-hi prou intensitat, prou quadratura dramàtica, és que, pobre de mi, no n'he sabut més.

2.3 Atenent a la normativa actual, al paràgraf anterior, s'hi colen tres incorreccions: una de lèxica i dues de morfosintàctiques. Detecta-les i corregeix-les.

2.4 Rumia i anota d'altres exemples de figures tipificades que se t'acudeixin. Fora de la novel·la i el teatre, la rondallística, el cinema comercial d'acció i el còmic t'ampliaran l'àmbit de recerca.

2.5 Al Renaixement, les representacions de la *Commedia dell'Arte* configuren un espectacle teatral de rols estereotipats. Repartits en tres grups (els *zanni* o servents, els amos i els enamorats), els personatges mostren el tarannà, els tics i fins i tot l'accent invariables, predeterminats per sempre. Recull informació sobre el *dramatis personae* de la *Commedia* i trasllada'l a *El Cafè de la Marina*. Qui seria cada personatge, si aquest poema dramàtic fos *Commedia dell'Arte*?

3. A *El Cafè de la Marina*, els draps bruts que s'hi volen amagar afavoreixen la presència de sobreentesos. Es tracta d'allò que, per entendre'ns, anomenem *indirectes*: supòsits compartits als quals no al·ludim directament i oberta, sinó amb fórmules ambigües, carregades de segon sentit. Explicita el missatge ocult sota els cinc enunciats següents:

a) RUFINA: No et fiquis en les coses de les dones,
que tu no hi entens res...
RUFÍ: Més del que et penses!

b) RAFEL: Caterina,
tu també anaves a la font als vespres;
ara, que el teu surell va capbussar-se
amb ham i tot i no li hem vist la ganya.

c) GRACIETA: Avui tens mala lluna, Caterina;
potser no t'ha provat el vent de França?

d) CLAUDI (*a Caterina*): Com t'ha provat la sorra de Cotlliure?

e) CLAUDI (*discutint amb sa mare, Salvadora*): Què feu parada?, no em sentiu? Aneu's-en!

CATERINA (*defensant-la*): Claudi...
SALVADORA: Deixa'l estar, deixa'l, no et moguis...
Aquí davant de tots, au, atreveix-te...

4. Hi ha unanimitat bibliogràfica a l'hora de subratllar com un dels mèrits evidents d'*El Cafè de la Marina* la riquesa lèxica. La crítica especialitzada veu clar que Sagarra s'hi llueix: els pescadors parlen en un registre espontani i viu, en el qual es despleguen els usos lingüístics de les varietats no formals: *mots jòquer* (o *mots comodí*), termes de significat genèric que reemplacen un sinònim més específic; *mots paràsit* o *cues* que incorporem mecànicament als enunciats, a vegades amb una funció fàtica, de comprovació del canal; *mots crossa* (o *falques*), fórmules que ajuden a iniciar i continuar el discurs; frases inacabades; interjeccions; barbarismes (castellanismes, sobretot); vulgarismes, formes no normatives generades a partir d'un terme català correcte; reduccions fonètiques; repeticions intensificadores, fórmules de comiat familiars, eufemismes. Repertori que, en part, conflueix amb els procediments poètics: metàfores, metonímies, interrogacions retòriques, hipèrboles, rimes i polisíndetons sovintegen també en la retòrica quotidiana. Assigna, d'entre tots els recursos que hem enumerat, l'exemple que pertoqui a cadascun dels casos. Cada negreta conté una figura estilística o tret lingüístic diferent.

a) LIBORI: i un ja els ho diu... **pro** elles, **ui**!... **Se'n fumen**!

b) MARIA: Mira la boja!
S'endú **la clenxa més lluent del poble**!

c) CATERINA: Jo, noia,
jo sóc la gran, m'he de cuidar del pare,

tinc les mans més a to **per 'questa** feina
de rentar copes i servir begudes;
jo sóc una altra **cosa**...

d) GRACIETA: Doncs mira, **conservar-s'hi**.
CATERINA: Adéu, noies...

e) CLAUDI (*a Caterina*): Una de les que furen i retallen
i tenen punxes, **eh**? Com la Rufina,
però més del meu gust, de carn més
fresca!
Què hi dius?

f) RUFÍ (*a Libori, parlant de mussiú Bernat*): Se t'estava **menjant** la Caterina.

g) CATERINA: **No és res**, pare, **no és res**...

h) CATERINA: Van a Portbou...
LIBORI: I ja han pagat el **gasto**?

i) CLAUDI: Amb qui estàveu parlant?
LIBORI: Amb **Mossèn Rofes**
que és aquell que s'empassa **les garrofes**.

j) SALVADORA: **Do'm** una ampolla de vermut.

k) CATERINA: **i** tu defenses el teu fill, **i** el portes
a casa, **i** te'l veus sol, a dins la cuina,
i li eixugues la mica de llàgrimes
i el guaites, **i** somrius, perquè s'assembla
al teu home, **i** és teu, **i** és el més murri
i el més rissat **i** el més valent del poble?

5. Una altra estratègia discursiva habitual en les modalitats familiars de la llengua per tal de comunicar la subjectivitat són les frases fetes. *El Cafè de la Marina* en té les pàgines plenes. Aïlla les contingudes en les citacions del text transcrites a continuació i explica'n el sentit. Finalment, escriu-ne dos sinònims diferents: un de registre estàndard i l'altre de registre literari.

a) RUFINA: Sí, rieu, mosses...
I caseu-vos, caseu-vos! Tu, la fresca,
que vas pintada com un bot, pots riure:
veuràs el pa que hi donen, amb un home!

b) GRACIETA: Avui tens mala lluna, Caterina.

c) CATERINA: Ves que sóc boja...
no hi havia caigut...

d) RUFINA: I tu vigila'l...
El Rufí al primer mes ja m'enganyava;
l'has de lligar ben curt...

e) MORENO (*referint-se a l'Artista*): I que canta a Portbou, però no ho creguis;
això són gent que va molt escurada.

f) EL VALENT: Em sembla...
ARTISTA: Què?
EL VALENT (*al·ludint als pescadors del Cafè*): Que no s'hi maten gaire...

g) CLAUDI: La feina,
més ben dit: jo no estava per romanços
ni casaments... em vols portar una prisa?

h) CLAUDI (*davant el setge eròtic de l'Artista*): Ja ets ben torrada!
MORENO (*a Rufí, parlant de les floretes que l'Artista llança a Claudi*): Si m'ho digués a mi!...
RUFÍ: Què?
MORENO: Que ja hi fórem!..
L'ARTISTA: Ves de quin pa fa rosegons, el ximple!...

6. *Xafardejar, tafanejar, fer safareig, fer bugada, murmurar, posar-se on no et demanen, ficar el nas*: potser perquè és un passatemps força comú, la llengua abunda en termes per designar la maledicència, el rumor i la intromissió en assumptes aliens. Un esport que Rufina, tothom se'n deu haver adonat, practica amb singular encert. Per això *El Cafè de la Marina* col·lecciona expressions i modismes al·lusius a tal debilitat humana. Fes-ne un inventari com més complet millor.

C. Producció de textos. Interdisciplinarietat

1. A l'escena VIII de l'acte primer, Caterina diu a les altres tres noies que cusen roba amb ella:

> **Les de l'altre Cafè**, si les sentíssiu,
> no parlen de res més; doncs que rebentin,
> que vegin que al Cafè de la Marina
> també gastem si hem de casar la Rosa.

La taverna de Libori té, doncs, competència. Imagina't com deu ser aquesta altra cantina i redacta una acotació descrivint-la. Observa els elements esmentats quan, al paràgraf inicial de l'obra, es retrata l'establiment. Segueix, per estructurar el teu text, l'ordre en què Sagarra els fa aparèixer, però canvia'n els trets. Per exemple: que el local, en comptes d'estar «tocant a la platja», se situï a l'interior de la vila, o que, en lloc de ser «una casa molt orejada, amb taules a fora i a dins», tingui poca ventilació.

2. Un dels narradors catalans més reconeguts, Quim Monzó, fabrica contes amb la tècnica d'empeltar una variant dins d'una història sabuda. «A les portes de Troia», per exemple, capgira la peripècia mitològica: els troians, malfiats, rebutgen l'ofrena del cavall i no l'entren a la ciutat. El relat explica què succeeix amb els soldats grecs que s'esperen dins la panxa de l'animal. «Gregor», per esmentar un segon cas, inverteix el punt de partida de *La metamorfosi*, de Franz Kafka: un escarabat s'hi transforma en ésser humà, en comptes de la transformació primigènia d'un jove en escarabat.

2.1 Genera noves situacions calcant l'estratègia de Monzó. Potser Bernat no es desdiu i reclama la noia en un enfrontament directe amb Claudi; tal vegada un pragmatisme d'última hora decideix Caterina, farta d'abocar «prises» i fregar taules, a acceptar l'oferta matrimonial del marxant banyulenc, malgrat que Claudi hagi cremat el passatge cap a Amèrica en un rampell romàntic; potser, vistos els antecedents, Rafel, amb una idea equivocada de la cunyada, li sol·licita favors de rebotiga... Breu: altera un ingredient d'*El Cafè de la Marina* i a veure què passa.

2.2 Al punt precedent, hauràs treballat el text conversacional. Marca, ara, les formes pròpies de l'oralitat que hagis utilitzat i, assessorat pel professor, assigna'ls el terme lingüístic amb el qual es coneixen. Canvia de registre: reescriu l'escena en un to més formal, sense fingir espontaneïtat: que els personatges parlin «com un llibre».

3. Imagina't que *El Cafè de la Marina* torna als escenaris. El teatre que el programa us n'encarrega el cartell promocional. Dissenya'l: et caldrà decidir la imatge que, segons tu, condensa millor l'esperit del poema dramàtic; planificar la composició plàstica; treballar els cromatismes, els contrastos de llum i ombres, els angles i els plans; escollir una tipografia per al títol, etc.

4. Posa una banda sonora a l'obra. Aprofitant que les entrades i sortides de personatges delimiten clarament les escenes, escull la música adequada per a cadascuna d'aquestes (pots acotar la feina, a fi que no sigui excessiva, i limitar-te sols a un acte o seleccionar les situacions clau). Peces clàssiques o temes moderns, només instrumentals o cantades, tant hi fa. Enregistra la tria i edita el CD d'*El Cafè de la Marina*. De passada, anima't a adaptar-ne a còmic alguna escena concreta, ajudant-te dels programes informàtics especialitzats que circulen per la xarxa.

5. Debat a l'aula la possible vigència d'un text com aquest. Hi ha punts de contacte entre la ficció de Sagarra i la nostra realitat, o és un text absolutament arcaic? Planteja't aspectes com la xafarderia, els matrimonis de conveniència, els canvis en la vida dels pescadors d'ençà de l'estrena del text, la pobresa i la manca d'oportunitats que ofereix a algú el seu món d'origen, la necessitat d'emigrar... A continuació, elabora un text argumentatiu que defensi, per actual, o critiqui, per anacrònic, *El Cafè de la Marina*.

D. a propòsit dels textos complementaris (p. 305-313)

1. Determina quins vessants de la personalitat de Sagarra il·lustren l'evocació que en fa Josep M. Espinàs al **text 1** i com aquesta imatge devia influir en l'opinió que els mitjans literaris catalans de postguerra (l'article de la revista *Ínsula* citat per Espinàs es publica el 1953) manifestaven sobre la seva literatura, en uns anys en què les obres de contingut social i els escriptors compromesos amb la realitat s'imposaven.

2. Un cop llegit el que escriu Josep Pla a propòsit de Sagarra al **text 2,** posa un títol que sintetitzi la idea clau del fragment.

3. Al **text 3,** altre cop de Josep M. Espinàs, hem remarcat unes línies. Digues quina característica del teatre de Sagarra apunten. Hem deixat sense cap marca un adjectiu que el nostre autor fa servir sovint per descriure els llocs i ambients dels «poemes dramàtics» (a l'estudi preliminar també l'hem comentat): localitza'l en el paràgraf d'Espinàs.

4. A partir de la lectura del **text 4**, redacta un text expositiu explicant el canvi d'orientació que experimenta la producció de Sagarra en la represa teatral dels anys quaranta, la rebuda obtinguda del públic i la reacció posterior del dramaturg barceloní. Explica el sentit de l'expressió italiana *ritorno all'antico* amb què es tanca el passatge reproduït.

5. El **text 5** contrasta *El cafè de la Marina* amb *All i salobre*, una novel·la de Sagarra també centrada en el món mariner. Acota exactament les línies on es comparen ambdues obres i extreu-ne la diferència que Enric Gallen i Marina Gustà addueixen. Reescriu-la amb mots teus, de manera que encaixi amb el conjunt del text transcrit i que, per tant, es pogués publicar en lloc de la redacció origina. Hauràs de vigilar amb el registre que utilitzes.

6. Dóna almenys un sinònim per cadascuna de les formes en negreta del **text 6**. Hi ha de tot: substantius, verbs, adjectius, adverbis, connectors. Miquel Gibert, l'autor del text, es refereix a l'aire *prerafaelita* amb què Sagarra pinta de tant en tant les seves «dones ideals». Informa't sobre el prerafaelitisme, un corrent pictòric i literari del tombant de segle xix. Confecciona una galeria de dones prerafaelites, buscant quadres de pintors pertanyents a aquest moviment i, a partir de la seva anàlisi, procura determinar unes constants en el tractament de la figura femenina.

7. Indubtablement, Sagarra va ser un dramaturg «comercial». Cita l'expressió amb què Miquel Gibert al·ludeix a aquesta idea en el **text 7**. A parer de Gibert, el ressò popular de Sagarra no constitueix prou motiu per renegar del seu teatre: esmenta l'argument concret amb què defensa aquesta opinió. Polemitza, amb el professor i els companys, a propòsit de l'«equació èxit = producte artístic de baixa qualitat». Hem de menysprear els *best-sellers* o el cinema destinat al gran públic? Venda i consum massius són incompatibles amb el valor estètic? L'art és, per essència, minoritari?

Comentaris de text

Text I
Diàleg de l'escena I de l'acte segon (p. 135 a 140).

«Avui s'ha de ballar!...», exclama Libori a la vuitena rèplica. I arreplega Salvadora per fer-la voltar, perquè se celebra el casament de Rosa i Rafel. Som, no hi ha dubte, a l'escena inicial de l'acte segon. S'hi representa l'última estona de festa grossa: la gresca encara continua animada, però els nuvis es disposen a marxar: «Ja és hora?», pregunta Libori, cap a les acaballes del diàleg. «Sí, pare», confirma Rosa, mentre Rafel anuncia que els espera «la tartana». Els acabats de casar se'n van de lluna de mel, entre visques i adéus, quan es tanca la tercera escena. A la següent, els convidats pleguen veles: de seguida *mussiú* Bernat i Libori podran parlar de «negocis», això és, de Caterina en privat. Llavors comença a embolicar-se la troca: aquesta escena obre el nus, per tant.

Quant a l'estructura general, recordem-ho, *El Cafè de la Marina* no innova gens. S'acull a la distribució de tota la vida, segons la tríada convencional (plantejament / nus / desenllaç), en correspondència exacta amb els tres actes. Abans, el primer ens ha posat en antecedents (la viduïtat de Libori i l'orfenesa de les germanes, el passat de la gran, la boda imminent de la petita, la convivència difícil entre

Salvadora i Claudi i la intenció d'embarcar-se cap a Amèrica del noi), ha insinuat temes (la vida a mar, la maledicència, la maternitat, l'ordre patriarcal) i ha presentat els caràcters (la mandra de Rufí, l'abnegació de Salvadora, la despreocupació juvenil de Rosa, el temperament dominant i la tafaneria de Rufina, l'estigma de Caterina i el coratge amb què l'afronta, l'esquerperia de Claudi...). Després, l'acte tercer resoldrà els destins personals que hi ha en joc.

Aquest és el quadre més coral de tot el poema dramàtic. Damunt l'escenari, hi tenim setze dels dinou personatges. Sols hi falten l'Artista i el seu acompanyant, el Valent, que no surten a l'obra fins passat mig segon acte, a banda de Claudi, massa salvatge per a noces carrinclones. A *El Cafè de la Marina,* Sagarra enceta cada acte amb una escena col·lectiva. Fixem-nos-hi: la partida de cartes entre uns quants pescadors, a la primera part; l'intercanvi de xafarderies entre veïnes, a la tercera. Contrastant amb l'inici que comentem, l'escena XVI tanca l'acte segon amb un diàleg de només dues veus, Caterina i Claudi, que encara no havien parlat sense ningú. Fins aquí gairebé no s'havien plantejat situacions amb dos personatges i prou. Quan, a l'acte tercer, es vagi decidint la sort de cadascú, les converses privades sovintejaran força. De moment, n'hi ha prou amb remarcar que els quadres inicial i final de l'acte segon constitueixen una antítesi.

Ens situem, com sempre, a la taverna de Libori: *El Cafè de la Marina.* No se'n mou. Sabem, per les indicacions escèniques amb què s'obria l'obra, que és un establiment «pintoresc», típic del món pescador que s'hi reflecteix: un microcosmos que actua com a síntesi de la vida marinera. Coneixem també que ha transcorregut un dia d'ençà de l'acte precedent, esquitxat de referències al casament de l'endemà. «És al vespre», ens informa l'acotació prèvia al diàleg. Al llarg de l'acte es va enfosquint, perquè Libori mana encendre el llum a Caterina en començar l'escena XIII. L'acte inaugural transcorria sota una «llum de tarda»; la cloenda, «a ple sol». Aquesta comparació a propòsit del moment del dia en què s'esdevenen els fets suggereix un paral·lelisme entre la claror i la progressió argumental, aparellades com segueix: plantejament-tarda / nus-vespre i nit / desenllaç-dia assolellat. Sagarra recorre a la fal·làcia patètica: per mitjà d'un referent natural (la llum) simbolitza l'itinerari personal i anímic dels herois, que evoluciona segons la seqüència de conflicte incipient (tarda) / conflicte ple (vespre i nit) / final feliç (sol diürn). El «vespre» de la nostra escena s'integra, com veiem, dins el simbolisme lumínic que travessa el poema dramàtic sencer.

Mussiú Bernat, el comerciant de peix rossellonès, apareix aquí per primer cop. Libori «el tractarà amb molts compliments», precisa l'acotació. Com pertoca atendre algú si s'hi té algun interès. Rufina sospita que la invitació respon a «negocis del Libori», no pas a amistat. «L'ha convidat per coses d'ell...», xiuxiueja a Salvadora. Els tractes «comercials», els assumptes privats, tenen nom i cos propi: els de la pubilla del Cafè, Caterina, seduïda, prenyada i abandonada per un poca-solta francès. Libori, que viu pendent de silenciar la vergonya pública d'un avortament, ensuma l'oportunitat de casar una dona marcada. A l'escena, doncs, s'hi configura una trama prototípica: el pare que contraria una filla jove acordant-ne el matrimoni amb un vell acabalat, a desgrat d'un xicot més qualificat, per edat i atractiu. Al marxant de Banyuls, la xicota prou l'estimula. Ella li serveix una beguda i l'home, a qui falten ulls, comenta en veu alta: «La Caterina és una flur de maca...». L'exemple dels nuvis li acaba de posar la mel als llavis: «Fan una cupla de les pus vistentes... / És l'amur...», mussita. Es perfila, doncs, un motiu recurrent de la ficció amorosa: el triangle sentimental (Bernat / Caterina / Claudi).

També s'evidencia la natura arquetípica d'algunes figures: al marge del pretendent provecte i del pare interessat, Bernat i Libori, com s'ha dit, Rufina s'adiu a l'estereotip de la comare xafardera, per un cantó, i, juntament amb el marit, formen la clàssica parella còmica de la muller que du els pantalons i el marit calçasses. Rufí, a banda de ser gandul de mena i bevedor, té currículum de faldiller. Còctel de vicis pel qual, segons s'anota a l'acotació prèvia, Rufina «s'està al costat de Salvadora, però vigilant sempre el seu home». El pescador fa bondat i només balla amb la dona. Ara, que se li nota la tirada al tall per com arramba: Rufina li ha de reclamar que no l'estrenyi tant, i Rufí s'excusa al·legant que «això és la moda». Aquest ball enganxats introdueix una pinzellada d'humor dins el quadre, que se suma a la comicitat derivada del setge ocular a què *mussiú* Bernat, un galant granadet, sotmet Caterina, una dona al punt. Per bé que aquí no s'apreciï, Salvadora s'avé amb el clixé de la mare patidora i sacrificada, víctima d'un fill desagraït. La mateixa Caterina (una perduda, pensemhi) remet en certa manera als personatges de la *pecadora corrompuda* o la pecadora *penedida*, característics dels melodrames lacrimògens.

Amb tot, no li escau cap d'aquestes etiquetes. Sagarra la fa una dona forta, honesta i coratjosa. Ha viscut una experiència traumàtica i no gemega constantment. Ha renunciat a un fill per obeir un pare. Passa com pot el mal tràngol de la xerrameca aliena. No espera que la vulguin. Pateix per tot plegat, però lluita per sobreposar-se. A la darrera escena de l'acte primer, just l'anterior a la que ens ocupa, plora. «No és res, pare, no és res», dissimula. I s'empassa les llàgrimes. Es contraposa, quant a la personalitat, a sa germana. Rosa s'ha casat, Caterina potser no es casarà mai. La petita deixa el Cafè i es trasllada a casa del marit; la gran es cuidarà del Cafè, fent de cambrera a temps complet. Fins i tot en l'àpat nupcial tragina amunt i avall: «Caterina serveix copes i refrescs», puntualitza l'acotació escènica.

Quan *mussiú* Bernat es queda sec, Libori no triga gens a enviar-l'hi amb «una altra prisa». Caterina ha avortat, Rosa parirà l'hereu de Rafel. L'escena objecte d'anàlisi recull, doncs, rastres del tòpic bíblic de les germanes oposades, Marta i Maria. El tercer vèrtex del triangle, Claudi, no intervé en el quadre, com esmentàvem de passada al començament del comentari. Un acte més endavant (escena XI) pretextarà que no «estava per romanços». La seva al·lèrgia al casori és, en definitiva, un símptoma més de la marginalitat en què viu dins el grup. Tant en l'una com en l'altra, s'hi entrelluca un pòsit de frustració afectiva: esdevé un *outsider*, entre moltes causes, perquè no troba dona i, com que no lliga, li disgusta el casament.

El fragment comentat il·lustra bé l'opció lingüística escollida per a *El Cafè de la Marina*. Sagarra anteposa la credibilitat discursiva a l'ornamentació. Calia, si de debò el poema dramàtic pretenia plasmar l'entorn costaner, les formes d'un context tradicional i «pintoresc», acostar-se a la parla corrent, a l'accent popular. Al carrer, ningú no hi fa parlaments rimats ni hi entona àries líriques, aquest enfarfegament barroc que la posteritat literària ha venut com a *marca de fàbrica* sagarriana, com a tret estilístic distintiu. A l'escena que tractem, el to simula espontaneïtat col·loquial, informalitat, familiaritat. D'aquí vénen l'elecció del vers blanc, sense rima, i l'àmplia gamma de recursos conversacionals que s'activen: entonacions subjectives (frases interrogatives o exclamatives); oracions interrompudes (observem la freqüència de punts suspensius); expressions intensificadores («Quin pam de gendre», «Que ets boig!», «Mireu com s'hi desfà», «Com s'hi recalca!»); frases fetes, modismes i fórmules populars («està de broma», «a veure com estàs de cames?»); *mots comodí* (lèxic genèric, poc precís: «això», «coses»), *mots paràsit* (cues incorporades, a vegades com a tic oral, als enunciats: «sabeu?»), etc.

En el mateix ordre de coses, contribueix a la versemblança lingüística general la presència constant del camp semàntic mariner i l'argot professional del pescador. Respon a una lògica elemental que la gent de mar verbalitzi la seva experiència vital a partir dels referents propers, dels noms d'allò que constitueix el seu medi immediat i, per tant, el món que dominen. Per això, Libori i Luard recorren a la metàfora ictiològica quan han de riure's dels ofecs i la feixuguesa que, tot ballant, asfixien Rufina, massa veterana per a certs excessos atlètics: «Quin *morenell* més gras! Es veu que pesa...», se'n burla Libori, comparant-ne el volum amb el d'un ormeig de pesca curull (un estri per enxampar morenes i anguiles). Luard rebla el clau al·ludint a les maniobres de l'ofici, a la preparació del material dins l'aigua a fi d'atrapar-hi peix: «Ja té els seus anys i ja ha *calat* vegades». En aquest tall de l'obra el pescador sexagenari, solter i pobre, es limita a la broma o a la conversa intranscendent amb *mussiú* Bernat. No hi denota l'escepticisme, la veta somiatruites (llegeix i rellegeix els tres únics llibres que té, històries d'amor de «dames i princeses») o la condició de confident de l'heroïna que es destaquen en altres passatges.

Finalment, el text ens proveeix un tast del parlar tan *sui generis* que singularitza Bernat. Sagarra el retrata des de la *diferència* discursiva: a l'arquetipus grotesc del vell enamorat (a sobre, algú estrany al grup retratat, no ho oblidéssim), li encoloma una modalitat expressiva individualitzada, fins i tot emfasitzada tipogràficament, que en reforça la ridiculesa. S'hi aglutinen, en un aiguabarreig peculiar, substrat català, morfosintaxi dialectal rossellonesa («sum vist»: temps verbals compostos conjugats amb el verb *ésser* d'auxiliar, en comptes d'*haver*; o les fórmules «cansi» o «atrapi» com a primera persona del present d'indicatiu) i vocabulari francès, registrat en escriptura fonètica aproximada («amur» correspon a la pronúncia d'*amour*, «hurús» a la d'*heureux*).

Text 2
Diàleg de l'escena XIII de l'acte tercer (p. 258 a 261)

Des de ben aviat (escena II, acte primer), estem al corrent que Claudi «vol fugir a Amèrica». Ens ho notifica una font de confiança: la mare, Salvadora. D'ençà de l'esment inicial, el motiu del viatge a ultramar creua sencer *El Cafè de la Marina,* esdevenint-ne un leitmotiv. Tan desitjada travessia ara es llença per la borda: un misto calcina tots els somnis colonials. Si Claudi desisteix de ser «indiano» a Costa Rica, la terra promesa, és perquè deu haver ensopegat amb un tresor més gran a l'Empordà. Llegim, se n'haurà adonat tothom, l'escena XIII de l'acte tercer, que arrenca quan l'heroi comet «aquella bogeria, / allò que el cafeter no sap comprendre!».

En efecte, al quadre anterior (XII) ja s'incubava, davant un Libori perplex, un disbarat que ara s'executa de cop i volta: Claudi es quedarà de cafeter al lloc de Libori i es casarà amb Caterina en lloc de *mussiú* Bernat. Assistim, doncs, a l'anagnòrisi: a l'instant en què, en el teatre clàssic, es reconeixia un fet o una persona per segellar el desenllaç. Claudi, aquí, descobreix dues coses: el lloc al món i la dona que li escauen. Així, els focs d'artifici, el bitllet flamejant, culminen amb la traca final: la declaració d'amor, rubricada amb una abraçada i una besada ardent «a la boca», com l'ocasió i el públic mereixen. A l'últim, els destins individuals es resolen, punt final d'una peça que no és gens experimental quant a l'organització del contingut dramàtic, sinó que segueix fidel al cànon tradicional: plantejament, nus i desenllaç, corresponents als tres actes.

S'escenifica, és clar, el clímax sentimental del poema dramàtic. Ben mirat, Sagarra en disposa un a cada cloenda d'acte. Acabant el primer acte hi ha el clímax de menor intensitat: un comiat entre el pare i la filla, gairebé encara adolescent (Rosa té dinou anys i Libori hi parla tenint-la asseguda «sobre el genoll», com si fos una nena petita), que es casa i se'n va a casa el marit. A la conclusió de l'acte segon (escena XVI) hi ha un clímax de més emotivitat: la primera trobada íntima de la parella protagonista, amb cançons marineres (en concret, un tema molt popular: «La calma de la mar») que amenitzen la vetllada. I al final de l'acte tercer i alhora de l'obra hi ha la florida passional.

En perspectiva, doncs, *El Cafè de la Marina* vertebra una gradació creixent: cada caiguda parcial de teló puja graus de tensió fins a desembocar en el cim dramàtic del conjunt, on ara som. Amb tot, aquesta escena no suposa el final absolut d'*El Cafè de la Marina.* Funcionant com a anticlímax, la segueixen quatre escenes (XIV, XV, XVI, XVII) en què la bona nova (Claudi i Caterina s'estimen) es comunica a familiars i veïns. Un epíleg relaxat, amb el qual s'equilibren les emocions tot just viscudes i es baixen les pulsacions dels espectadors abans que s'encenguin els llums de la sala.

Continuem al bar de Libori, l'espai que monopolitza el poema dramàtic. (L'ambient únic tampoc no significa cap innovació per al teatre en vers de Sagarra: a *L'hostal de la Glòria*, un trienni abans d'*El Cafè de la Marina*, va situar la història en una fonda rural, a Ripoll.) Al fragment que estudiem no s'hi detecten marques temporals. Sabem, però, que l'acte tercer es desenvolupa «amb llum de dia», com diu l'acotació prèvia al diàleg. Rebobinant fins al principi, la indicació escènica amb què s'encapçala el poema dramàtic explicita que el desenllaç és «a ple sol». Alhora, precisa el moment del dia en què transcorren la resta d'actes: «llum de tarda», per a la seqüència inaugural; «l'hora de fer-se fosc», per al segment mitger. Es prefigura una correspondència entre el cicle declinació / elevació solar i l'evolució anímica dels protagonistes a mesura que es complica o, es resol el conflicte.

Posats a primfilar, distingiríem dues parts en l'escena. Una, que abastaria des de la primera rèplica (Caterina: «M'ho ha dit la teva mare, que t'embarques...») fins al final de la vuitena, quan Claudi suplica el sí de la xicota («Però no puc, no, no, que em fa vergonya... / digue'm que sí d'un cop...»): s'hi produeix la confessió amorosa, efectes especials inclosos (el tiquet fet cendra). L'altra, que comprendria des de l'interrogant amb què Caterina acull el festeig («I no m'enganyes?») fins al petó roent on troba resposta a totes les preguntes: s'hi esbandeixen objeccions i obstacles, s'hi confirma la passió i la possessió sexual (Claudi, al darrer parlament: «i al que et tingués al llit, fos el més home / o el més valent, et juro, Caterina, / que amb aquest tall jo li guindava el ventre i te m'enduia amb mi ben arrapada, arrapada contra el pit...»).

A diferència del que hem apuntat per a l'escena II de l'acte segon, un quadre coral analitzat al comentari precedent, som davant d'un *pas à deux*, una acció que només implica una parella. Els setze personatges que intervenien abans es redueixen a un duo sota els focus. L'enfocament dramàtic s'ha capgirat: el dramaturg no dispara una foto de grup, no ofereix la panoràmica d'una celebració col·lectiva, fent passejar l'atenció del públic d'una figura a una altra, gràcies a la successió ràpida i viva del diàleg múltiple. La perspectiva s'ha focalitzat: al primer pla, dos únics interlocutors. A la platea, els ulls ja no es dispersen enmig d'una galeria de personatges que els sol·liciten, sinó que per força es concentren en aquestes ànimes soles a punt de trobar companyia. El discurs es dilata, el ritme s'alenteix: s'han de dir coses grosses, no pas facècies de convit. Comparem números: a l'acte inaugural no hi ha cap escena exclusivament entre dos; l'acte segon n'inclou tres (VI, XIII, XVI, descomptant la irrellevant XV, de mera transició); a l'últim n'hi ha cinc, la darrera de les quals és la que estudiem (VII, IX, X, XII, XIII). Conclusió: Sagarra relega els quadres de masses a poc a poc, al compàs d'un conflicte que progressa i, de mica en mica, l'obliga a aclarir la sort de cadascú mitjançant els cara a cara entre les parts implicades.

Amb l'entrada del comerciant de peix rossellonès, hem dit, es dibuixava el triangle eròtic. A hores d'ara, fa tres escenes que s'ha diluït: *mussiú* Bernat, a qui la llengua fluixa del veïnat (Rufina al capdavant) ha donat notícia completa dels secrets que guarda Caterina, ha frenat en sec la seva cursa matrimonial, per la qual cosa Claudi avança amb la via lliure. Es restitueix l'ordre natural, l'harmonia generacional: la retirada de l'aspirant vell i esperpèntic, que contrariava el cor i el cos de l'heroïna, comporta el triomf del mascle jove i de l'edat homogènia (trenta anys ell, vint-i-sis ella).

Tocant a això, Miquel Gibert, una autoritat en els estudis sobre el teatre de Sagarra, formula una doble apreciació. Classifica, en primer lloc, les figures segons la relació, més propera o més llunyana, que les uneix a l'espai central, la taverna, i observa que el triangle combina un membre de cadascuna de les tres categories establertes per a la classificació: els propietaris de l'establiment (Caterina), els assidus (Claudi), els esporàdics (Bernat). En segona instància, para esment en el fet que la sortida del conflicte sorgeix a l'interior de la mateixa societat on s'ha generat. Altrament, la solució va a càrrec dels autòctons (Caterina i Claudi), mentre l'estranger (Bernat) es confina a un rol desestabilitzador, detall que pot obrir el text a una hipotètica lectura sociopolítica, en clau interna nacional (s'hi advocaria per un consens dels interessos plurals que conflueixen a la Catalunya de la Segona República).

El passatge transcrit, admetem-ho, no serveix per exemplificar la condició arquetípica dels *dramatis personae* sagarrians, un tret que suscita la unanimitat bibliogràfica. Caterina s'escapa de la tipificació: malgrat que s'apliqui a si mateixa el qualificatiu de «perduda» a la seva última rèplica, no s'emmotlla als clixés melodramàtics de la *pecadora corrompuda* o la *pecadora penedida*. L'enteresa amb la qual afronta la desgràcia personal la humanitza: es reflecteix en els «ulls de patir» que han captivat Claudi. No acostuma a queixar-se: la seva contenció, la seva reserva, l'aparten del patetisme lacrimogen. Al contrari, li aporten caràcter, una certa entitat psicològica.

Closa en un univers reduït i tancat, la vila costanera on son pare regenta un negoci esdevé la diana fàcil de la difamació per culpa d'una antiga relliscada sexual amb un francès ros i bufó: «les llengües em pinten de verdet», avisa a fi d'assegurar-se que Claudi sap on es fica, quan diu que la vol. És una dona impura i escarnida: «jo sóc misèria per tothom» que es troba a la perifèria social: «Jo ja no compto». Per això se sorprèn que la passió autèntica d'un home, no la renda d'un marxant, la demani. «Què et passa, Claudi», s'estranya de bon començament. L'amoïna que l'amant sigui sincer («aquestes paraules, / t'han sortit de la sang?»), que no li hagi agafat un rampell («No és bogeria?»), que no digui amor volent dir llàstima («No és una caritat?»). Als dubtes, hi contribueix la impulsivitat del noi (s'hi perceben ecos de l'ímpetu i la irracionalitat recurrents en els protagonistes masculins dels primers «poemes dramàtics» de Sagarra), immers en una espiral d'autodestrucció que l'ha empès també a la marginalitat.

En efecte, Claudi ha passat una temporada a l'infern: pegava Salvadora i ofenia, sovint, Caterina: «Què et penses que sóc jo? Que sóc un brètol! / Perquè em vaig barallar amb la meva mare, perquè t'he dit el que t'he dit?». Necessitat que Caterina l'escolti i hi confiï, s'esforça a desmentir la imatge que s'ha llaurat. Vist des d'aquest angle, si la unió Caterina/*mussiú* Bernat ens conduïa a la regió dels amors desiguals (per edat, per procedència, per estatus socioeconòmic, per vivències), l'enllaç Caterina/Claudi uneix dos iguals: dos exclosos, dos pàries intocables, dos rebutjats per a qui ara passa el tren de la regeneració, de la integració al clan. Al capdavall, ni les reticències d'ella duren gaire ni a ell li cal una persistència exagerada. Amb sis rèpliques mal comptades, l'estimada dissipa qualsevol incertesa i l'enamorat es vanta que, si cal, matarà per la mestressa. Encara que al llarg de l'obra es puguin rastrejar alguns comportaments que motiven la present erupció passional (sobretot a l'escena XVI de l'acte segon: l'estudi preliminar, apartat «Tot el que necessites és amor», s'hi entreté), sobten la imprevista vehemència de l'un i la seguretat instantània de l'altra: el desenllaç resulta una mica abrupte, tot i la coartada psicològica que Sagarra sembla que ha mig embastat.

Aquest és, segurament, l'episodi de lirisme més sostingut que hi ha a *El Cafè de la Marina*, encara que anteriorment ja hi hem llegit rèpliques de tonalitat poètica: evocacions de la maternitat (escena VIII, acte primer) o de la rutina eixorca al servei del Cafè (escena X, acte primer), a compte de Caterina; especulacions sobre el destí a ultramar (escena XIX, acte primer), per boca de Claudi. Però eren esparses, puntuals, sense continuïtat: la resposta següent disminuïa la temperatura expressiva, retornava al prosaisme fingit de la conversa espontània. Aquí, s'encadenen fins a cinc monòlegs breus: quatre de Claudi, tres de seguits (lògic: ell es declara), i un de Caterina, intercalat entre el tercer i l'últim del xicot, amb el qual conclou l'acte. Ara bé: es tracta de no perjudicar gaire el *realisme* d'un discurs que es vol líric però també col·loquial, perquè, de la distància excessiva entre els dos registres, se'n ressentiria la *versemblança* lingüística (sens dubte seria un defecte per a una peça d'«ambient», que s'apropa a la làmina marinera, un ingredient de la qual és el *pintoresquisme* verbal dels pescadors).

Per això, en l'obra que estudiem, la poesia s'ha d'obtenir per procediments estilístics diferents de, posem per cas, *L'hostal de la Glòria*. El vers blanc d'*El Cafè de la Marina* acosta els enunciats al llenguatge corrent, però n'expulsa de les pàgines la versificació sonora, la musicalitat llampant i la rima barroca, fins llavors les armes més efectives en la retòrica abrandada del poema dramàtic (tant que el públic, entusiasmat de sentir-les, les identificava amb el gènere en si).

En aquesta escena, Sagarra treballa sobretot amb l'enumeració i la repetició, dos recursos d'intensificació. Així, Claudi recorre a una successió de disset elements per rememorar la navegació transatlàntica o la vida colonial, somnis a què dóna dret el bitllet (citats en ordre: llunes desinflades, mar gran, manta a coberta, dits en unes cordes de guitarra, cançons italianes, fortuna incerta, pala de fogoner, màrfega trista, hospital, dents de negre, sol de foc escalfant la camisa, camp de Cafè verd, taverna estripada, got de canya, una dona, moltes dones). Entre tots plegats, arrodoneixen una descripció fonamentada en la metonímia (per la part se simbolitza el tot). Uns quants d'aquests referents (les llunes, la guitarra, la música italiana) es reiteren, aquesta segona vegada per negar el somni: Claudi, que no marxa, els crema quan encén el paper. Per acabar, el polisíndeton sistemàtic (la conjunció *i* hi és omnipresent) carrega de més èmfasi l'expressió.

Textos complementaris

Text 1. Josep M. Espinàs. *Relacions particulars*. Barcelona: Edicions La Campana, 2007, p. 137-140.

Penso que això lliga amb el «luxe» de viure, que els seus col·legues d'ofici tant van criticar a Josep Maria de Sagarra. «Fins i tot agafa taxis!», li retreien. Molts poetes de la postguerra estaven habitats —no dic pas que sense motius— per l'amargor, mentre que Sagarra estava dedicat, fins on fos possible, al gust de viure bé.

¿I algun altre poeta català s'encarregava els vestits a mida o demanava que li enllustressin les sabates mentre feia l'aperitiu, amb aquell punt elegant d'abandonament a la cadira?

Les poques vegades —llàstima— que vaig estar a la casa d'en Sagarra, al passeig de Sant Gervasi, ja vaig pensar que es podia ser un poeta català i, a la vegada, propietari d'un gran casal, a muntanya, que s'havia vist obligat a deixar-lo per viure a la ciutat entre la vulgar ciutadania. El mobiliari era excel·lent, a les parets penjaven quadres excel·lents, la gran biblioteca era excel·lent. Tanta excel·lència em va fer comprendre, en part, l'actitud envers Sagarra —que també freqüentava restaurants excel·lents i bevia alcohols excel·lents— dels qui pensaven que ni com a poeta ni com a dramaturg era excel·lent.

Aquest menyspreu —sí, diguem la paraula— va passar

de la generació de Sagarra a la meva. Jo no he portat mai cap diari, i la memòria em podria trair, i més a la meva edat. Però veig l'escena com si fos ara. Uns joves intel·lectuals em van telefonar per dir-me que em volien veure i demanar-me una cosa. Jo no hi tenia cap relació, ni d'amistat ni pràcticament de tracte. Em van venir a casa del meu pare, on hi havia un despatx-biblioteca on jo, poc després de casar-me, hi anava per rebre algun possible client com a advocat.

Aquells companys de generació —algun dels quals ha acabat fent un paper distingit en el món de la cultura— em volien fer una petició, però no sabien com fer-me-la. *Ínsula,* una revista literària de Madrid, de prestigi, volia dedicar un número a la literatura catalana. A ells els havien encarregat de fer la selecció d'autors i buscar els articulistes. Ja ho tenien tot enllestit, i quan van enviar el material a Madrid els van trucar, sorpresos. En aquell número dedicat a la literatura catalana no hi figurava en Sagarra. Com era possible? Els joves intel·lectuals barcelonins es van quedar desconcertats. Sagarra? Ni els havia passat pel cap tenir-lo en compte. I si m'havien vingut a veure era per si jo podia arreglar-ho.

¿Qui millor que un jove escriptor que no els interessava, per escriure sobre un escriptor famós que tampoc els interessava?

Em van dir, d'entrada, que els sabia greu «carregar-me amb aquest mort», però què hi podien fer si els de Madrid insistien. Que necessitaven un text sobre Sagarra de seguida, i que s'excusaven per demanar-me aquell favor. Que ja sabien que jo no...

Ni sabien res, ni podien entendre que eren ells els qui em feien el favor. Quan els vaig dir que sí, que ja podien comptar amb el meu article sobre Sagarra, aquelles cares compungides es van il·luminar, i va faltar poc perquè s'aixequessin de les cadires per venir-me a abraçar. Jo era la providència. A Madrid tindrien el «seu» Sagarra sense que cap d'ells hagués de desprestigiar-se.

Text 2. Josep Pla. «Josep M. de Sagarra i el seu teatre». *Homenots. Quarta sèrie, Obres Completes,* 29. Barcelona: Destino, 1975, p. 11-13.

Impressionant, la facilitat de Sagarra. La poesia li raja com una font i la música se li dóna des de tots quatre vents. Les expressions col·loquials més vulgars s'adapten al motlle dels seus versos com tap i carbassa; posarà en solfa totes les frases fetes de la llengua pel mer fet de respirar. Està destinat a tenir un èxit immens: literalment, un èxit de masses. No hi ha ningú que no se senti interpretat per Sagarra; no hi ha cap persona de sentiments que no hagi tractat d'escriure una poesia com les que escriu Sagarra. «Ho hauria dit exactament igual...!», diu la gent en posar-se en contacte amb aquesta literatura. És un cas sensacional.

És un cas —diuen— de vocació, d'instint, una cosa de naixement, com és de naixement la trompa dels elefants. De tota manera s'ha de reconèixer que hi ha vocacions tan fortes i marcades com aquesta i que són més difícils d'exercir.

Aquesta facilitat de Sagarra és judicada per alguns rars amics exigents més aviat amb severitat. Consideren que li podria fer mal. Voldrien que el poeta es comprimís una mica, que cargolés més la rosca, torcés una mica el coll de la comoditat, saltés més obstacles.

[...]

De tota manera, la seva facilitat arriba a fer basarda. Ens podríem trobar davant de la repetició del cas de Lope de

Vega. Pot fer un drama en tres dies. Acte per dia. Jo em demano: per què no prova de fer-lo en quatre? Seria més difícil, és clar... La correspondència entre actes i dies és fascinadora. La simetria és sempre fascinadora. De tota manera, potser convindria trencar la simetria. Tot és posar-s'hi. Primer li costarà de fer tres actes en quatre dies, però s'hi pot arribar. Més endavant, els podrà fer en cinc. Etcètera. El desig més vehement dels admiradors exigents de Sagarra seria que a setanta anys pogués fer un drama en la irrisòria quantitat de trenta dies...

[...]

Sagarra té, al costat de tot això, una gran qualitat: creu que ara que som al ball hem de ballar. Jo també ho crec. La seva tendència a escriure d'una manera capaç d'interessar cada dia més vastes zones de lectors, la trobo excel·lent, i crec que la primera obligació que tenim els d'aquesta generació és no negligir aquest fet. Posem en les obres la màxima quantitat de substància, però no convertim el llegir en la nostra llengua en un esforç numantí. Ens trobem en el moment d'assegurar els fonaments —que pot ésser compatible amb el treball de provençalejar. Però serà un error, em sembla, excloure en nom d'aquest darrer treball, l'altre, el bàsic. En aquest sentit, l'obra de Sagarra és absolutament respectable.

Text 3. Josep M. Espinàs. *Relacions particulars*. Barcelona: Edicions La Campana, 2007, p. 13.

No puc recordar quina va ser la primera vegada que vaig tenir a prop Josep Maria de Sagarra. Tinc molt clara, en canvi, la seva imatge dalt d'un escenari, el del Romea. Jo formava part del públic que aplaudia i l'autor havia sortit a saludar. **Encara el veig avançant a poc a poc, vestit correctíssimament de fosc, com una aparició incongruent i màgica enmig dels actors i les actrius que duien disfresses de colors llampants: pagesos del Priorat, mariners de la costa...** Entre tanta ficció pintoresca, la figura de Sagarra semblava també inventada, com si hagués ressuscitat davant de nosaltres un solemne autor francès del segle passat.

Text 4. Xavier Fàbregas. *Història del teatre català*. Barcelona. Editorial Millà: 1978, p. 273-275.

No hi ha dubte que la guerra, potser més la Guerra Mundial que l'esdevinguda a casa seva, ha sotraguejat Josep M. de Sagarra. En tornar a escriure [a partir de 1946, quan la prohibició franquista de representar en català obre progressives escletxes] abandona les formes retòriques i llampants dels seus darrers poemes dramàtics; es decideix per la prosa i els seus personatges se senten traspassats per una enyorança irresistible envers els temps passats: això és evident a *El prestigi dels morts*, però pren una nova dimensió a *La fortuna de Sílvia* (1947) i *Galatea* (1948). A *La fortuna de Sílvia* els protagonistes volen ignorar el present, però s'adonen que també el temps passat, que els havia semblat desitjable, és històricament inconfortable en tant que avantsala forçosa del present. [...] A *Galatea* el menyspreu envers la guerra i envers els qui en fan un comerç pren el to d'un exabrupte; però no són tractades amb més benvolença aquelles ideologies que neixen a redós del desastre, com l'existencialisme, envers el qual Sagarra sent un odi pertinaç.

És obvi que el públic quedà bastant perplex davant la

nova orientació que prenia el teatre de Josep M. de Sagarra. I aquesta perplexitat es traduí en termes de fredor. En comentar la dignitat amb què fou presentada *La fortuna de Sílvia* Sagarra afegeix: «Però el públic no hi volgué saber res. I en menys de dues setmanes de glacial indiferència per part dels qui tenien de seure a les butaques, i que en realitat no hi seien, morí una de les meves comèdies que jo m'estimo més, i que encara estic convençut que es mereixia una vida i una mort un xic més glorioses». Val a dir també que tot i la construcció de *pièce bien faite*, *La fortuna de Sílvia*, en presentar una successió d'escenes amb dos personatges i recolzar sobretot en el matís del diàleg, no facilitava pas l'accés d'un públic que tenia una idea preconcebuda i diferent del teatre que Sagarra els podia oferir. El dramaturg, doncs, decideix canviar de tàctica i tornar a l'espetec fàcil però brillant del poema dramàtic: «Em vaig tancar a casa meva, i en deu dies vaig enllestir *L'hereu i la forastera*. Claudicava, doncs, dels meus propòsits teatrals; feia un *ritorno all'antico*».

Amb *L'hereu i la forastera* (1949) i *Les vinyes del Priorat* (1950) Sagarra retroba el camí de l'èxit; si més no de moment. Hom hi reconeix l'autor de *La corona d'espines* i de *L'hostal de la Glòria*, dues peces que continuen de repertori.

Text 5. Enric Gallén i Marina Gustà. «Josep Maria de Sagarra», dins Riquer/Comas/Molas, *Història de la literatura catalana*, vol. 9. Barcelona: Ariel, 1987, p. 486.

En canvi, amb *El Cafè de la Marina*, Sagarra pretengué escriure «un poema d'aire realista i pintoresc, amb una tendència més aviat cap a la fotografia que cap als símbols i les abstraccions», sobre una realitat física i humana ja literaturitzada a *Cançons de rem i de vela* i a *All i salobre*; a la novel·la, però, Sagarra exposà una lectura d'aquella realitat que, de fet, nega a l'obra teatral: la lluita diària per la subsistència en un medi hostil que comporta l'embrutiment moral dels personatges, i la necessitat de fugida. Així, en acostar-se Sagarra amb voluntat fotogràfica, a *El Cafè de la Marina*, a l'ambient i a la vida d'un poble mariner, no s'estigué d'idealitzar-la, tot fent ús d'«un argument sentimental qualsevol» i d'uns «personatges típics, sense cap pretensió, sense cap transcendentalisme, que obeeixen a una realitat primària, a una bondat natural. I a uns instints limitadíssims per la vida dura i monòtona que comporta el treball de la mar».

Text 6. Miquel Gibert. «Introducció» a Josep M. de Sagarra, *Obra completa*, vol. 15, *Teatre* 1. València: Edicions 3 i 4, 2006, p. XXI-XXIII.

En realitat, la visió de la dona en el teatre de Sagarra respon a un dualisme conceptual que Bram Dijkstra considera **característic** de la cultura del segle XIX, i que troba en la **dicotomia** femenina una de les concrecions màximes: **només** són possibles dos tipus de dona, la *femme idéale* i la *femme fatale*. La resta d'**arquetipus** femenins no són models autèntics, sinó variacions dels dos únics arquetipus possibles. I **així** veiem que Sagarra ens presenta la «dona ideal» en la variant de la dona pura, gairebé angelical —alguna vegada, en un **ambient** propi de la pintura prerafaelita, tal com queda indicat en diverses acotacions de *Rondalla d'esparvers*—, o de la dona **soferta** i **abnegada** fins a l'heroisme. Són dones redemptores —**veritables** intendents espirituals de l'home i sacerdotesses de la llar, segons B. Dijkstra—, contraposades a les que només poden aspirar a ser **redimides**. Sagarra no presenta mai en escena la figura arquetípica de la *femme fatale*, però sí el personatge tradicional de la pecadora, de la perduda, que hi **condueix** per evolució. **Perquè** la *femme fatale* apareix en la literatura de finals del segle XIX i començaments del segle XX **com a fruit** d'un treball cultural de refinament —i del subratllat dels efectes d'atracció i **repulsió**— sobre una figura **ancestral**. Els ambients en què Sagarra situa els poemes dramàtics no li permeten de recórrer a la *femme fatale*. Tampoc el públic al qual **adreça** amb preferència aquestes peces, més perquè la veuria com una figura **aliena** a la seva realitat i als valors que li són comprensibles que no pas pel **temor**, **hipotètic**, d'escandalitzar-lo.

Text 7. Miquel Gibert. *El teatre de Josep Maria de Sagarra i el mal menor dels clàssics*. Barcelona: Universitat Pompeu Fabra.

S'ha dit sovint que Sagarra va viure de cara al públic, és a dir, que va fer les concessions que calien per assegurar-se l'èxit entre els espectadors —en definitiva, l'èxit a la taquilla—, encara que això perjudiqués la qualitat dramàtica i literària de la peça estrenada. No diré pas que no actués així potser massa freqüentment, però, al cap i a la fi, de cara al públic també hi van viure, entre altres, els tràgics grecs, Molière i, autoritat suprema, William Shakespeare. En realitat, i amb molt poques excepcions, els dramaturgs bons, i fins i tot excel·lents, amb una producció molt àmplia s'han de resignar, un cop traspassats i de vegades abans i tot, a un fet gairebé inevitable: de tota la seva obra, se'n salven uns quants títols per a l'escenari que esdevenen una referència constant per a la llengua i la cultura del seu país, i de vegades, de més enllà d'aquest país; la resta de peces, sobreviuen, si ho fan, en el paper imprès, més o menys llegides, més o menys oblidades, però sempre lluny de l'escenari. I això passa tant amb els autors que han viscut de cara a l'escenari com amb els altres, els que hi han viscut d'esquena. Veiem, doncs, com queden oblidades peces que no ho mereixen, però la tradició és també tria més o menys encertada, per tant, sovint no deixa de ser un mal menor.

Bibliografia

ESPINÀS, Josep Maria. *Relacions particulars*. Barcelona: Edicions La Campana, 2007, p. 149-150.

GIBERT, Miquel. «Pròleg» a *El Cafè de la Marina*. Barcelona: Proa, 2003, p. 23 i 10, respectivament

— «Introducció al teatre de Josep Maria de Sagarra», dins SAGARRA, Josep M. de. *Obra completa*, vol. 15. Teatre 1. València: Edicions 3 i 4, 2006, p. XLIX

LLAVINA, Jordi. «Introducció a la poesia de Josep Maria de Sagarra», dins SAGARRA, Josep M. de. *Obra completa*, vol. 1, *Poesia* 1. València: Edicions 3 i 4, 1996, p. XXV.

SAGARRA, Josep M. de. *Teatre, poesia i realitat. Conferència llegida al Teatre Català Romea, abans de l'estrena del poema dramàtic* Fidelitat, *La mà trencada*, núm. 2, 20-XI-1924.

— «Josep Maria de Sagarra parla de la seva obra i explica per què escriu el seu teatre en vers», *La Publicitat*, 6-III-1932, p. 11.